光文社文庫

文庫書下ろし

千《せん》手《じゅ》學園少年探偵團

また会う日まで

金子ユミ

光 文 社

この作品は光文社文庫のために書下ろされました。

目次

登場人物

永人〈ながと〉　現大蔵大臣・檜垣一郎太〈ひがきいちろうた〉の妾の子で、浅草出身。

慧〈けい〉　東京府内随一の大病院・来碕病院〈きさき〉の息子で、昊の双子の兄。

昊〈こう〉　東京府内随一の大病院・来碕病院の息子で、慧の双子の弟。

乃絵〈のえ〉　住み込みで働く用務員一家・多野家〈たの〉の一人娘。訳あって男装している。

東堂広哉〈とうどうひろや〉　千手學園の生徒会長。現陸軍大臣・広之進〈ひろのしん〉の息子。

黒ノ井影人〈くろのいかげひと〉　千手學園の生徒会副会長。黒ノ井製鉄社・社長の息子。

檜垣蒼太郎〈そうたろう〉　一郎太の嫡男で、永人の義兄。千手學園から謎の失踪を遂げる。

第一話「千手學園祭奇譚」

逃げても逃げても追ってくる。仕方なく、檜垣永人《ひがきながと》は腹を括って振り向いた。

「中原《なかはら》先生。誘っていただけるのは本当にありがたいんですが……」

しかし、目の前に立つ音楽教師、中原春義《はるよし》の眉根は堅固な決意にきりりと盛り上がっている。

「うん！　ここは檜垣君にぜひ参加してほしいんだ」

「いやでも、ほら、先生もご承知の通り、俺の歌は音程が……曖昧？　自由奔放？」

「つまり音痴だね！」

横から口を挟んだ来碕慧《きさきけい》がズバリと言い切る。「そこまで言ってねえ」思わず、永人は口を尖らせた。

「そこだよ！」

が、二人の小競り合いもなんのその、中原はさらに熱いまなざしで詰め寄ってきた。

「は？」永人と慧、そして彼の双子の弟、昊《こう》もいつになく積極的な音楽教師を見つめ返す。

「そこだよ。僕がこの特別編成の合唱隊に檜垣君にも参加してほしいと願うのは！　ただいるだけで、君の周囲には自由な風が吹くんだ。それが周りの生徒に波及して、みんなの歌声がとても豊かで抑揚のあるものになる。だから僕は、ぜひ君に参加してほしい！」

「……歌唱力関係ねえですね」

「うん！　檜垣君には指揮者をお願いしたい！」

「し――」

とたん、似合わない洋装に身を固め、両手をブンブン振り回す無様な自分の姿が脳裏に浮かんだ。

冗談じゃない。永人はあわててきびすを返した。

「すみません！　やっぱり無理です！」

「ああ待って、まだ練習時間はあるから」

中原の悲鳴混じりの声が遠くなる。多少の罪悪感を引きずりつつ、廊下を早足に逃げた。

昇降口で急いで靴を履き替え、校舎から飛び出す。

追ってきた旲が呑気《のんき》な声音で言った。

「いいじゃないか。やってあげれば」

「やだよ。合唱の指揮者なんて……ガラじゃねえ」

「ああ～学園祭って感じになってきたね！　楽しいね！」

傍らに立つ慧がはしゃいだ声を上げる。永人の腕にぎゅっと組みつくと、大きい瞳で見上げてきた。

「今年は永人君もいるから楽しみだなっ。千手學園祭！」

私立千手學園。資産家の千手源衛《せんじゅげんえ》が創設したこの学園には、日本全国の特権階級、資産家の子息たちが集う。その千手學園が年に一度、保護者や関係者を招いて行う學園祭なのだ。今春、義兄の蒼太郎《そうたろう》の失踪を機に入学した永人にも、華々しい催しであることは容易に想像できた。

「全国からお偉いさんがゾロゾロ集まるんだろ……？　目立ちたくねえ」

「うーん。だけど永人君、すでに有名人なんじゃない？」

「……なんで」

「夏休み、みんな永人君のこと家族に話したと思うもん。僕たちも。ねっ」

無邪気に笑う慧が弟を振り返る。昊が苦笑いした。

「まあ、ね」

「ちょ、ちょっと待て。なんで俺のこと」

「そりゃあ話さずにはいられないでしょ！　学園に颯爽《さっそう》と現れた浅草の風雲児。その正体は少年探偵なんだよ？」

「俺は見世物じゃねえぞ！　言っておくが探偵でもねえ！」

「あーっ！　そうだ、探偵と言えば。最近、生徒の間でささやかれてる噂、知ってる？

『夜歩く男』！」

「また噂か。この学園の場合、しょっちゅうじゃねえか」

永人の呆れ顔にも構わず、慧が嬉々として話し出す。

近頃、深夜に厠に行こうと寄宿舎の一階に下りた生徒が、木立の中に動く影を見たという噂が広まっていた。影は、驚いて立ちすくんでいる彼の目の前でフラーッと消えてしまったと。さらにはその噂が広まるや、実は自分も深夜に敷地内を歩く男を見たことがあると言い出す生徒が出てきているという。

「不思議だね、謎だね、怪奇だね永人君……！　これは僕たちの出番だね！」

「いやいや。単にお役所の人間が測量に来ているだけかもしれねえぞ」

「なんで深夜！　第一、ここは千手一族の土地なんだから、役所の人が測量なんかするわけないでしょ！　もーっ永人君ったら適当なこと言ってぇ」

のらりくらりとかわす永人の言葉に、慧がぷんとむくれた。

そんな兄の横で杲がつぶやく。

「だけどこの土地、確かもとは千手一族のものではなかったと思ったな。以前の所有者は誰だったんだろう」

「ええ？　うーん図書室の『千手學園創設史』には載ってるんじゃない？……杲ってヘンなことに興味があるね」

「慧が言い出したんだろ！」

じゃれ合う双子と寄宿舎に入り、円形の回廊を三人で歩く。と、中庭の人工庭園の松の木陰から、ほうきを手にしている人物が現れた。

多野乃絵《たののえ》だ。学園の用務員、多野一家の一人娘である。ただし、恰好は作業用の作務衣《さむえ》、頭に巻いた手拭いの下にある髪は男子のように短く切りそろえられている。女子禁制の学園で両親とともに職を得るため、やむを得ず男子の振りをしているのだ。この秘密を知るのは永人と来碕兄弟、そして生徒会長の東堂広哉《とうどうひろや》のみである。

三人を見た乃絵が表情をほころばせた。「多野さぁん！」早速、慧が乃絵に話しかける。

「ねえねえ聞いてる？『夜歩く男』の噂！」

「噂？」彼女が首を傾げた。

「私は知らない。何それ、男の人が学校の中を歩いているの？」

「そう！　えー、じゃあさ、多野のおじさまって深夜に校内巡回してるでしょ？　気を付けて見てみてってお願いしてくれる？」

無邪気な慧の言葉に乃絵が苦笑した。「そうだ」と慧が永人を振り返る。

「聞いて聞いて。永人君ね、学園祭の特別合唱隊の指揮者を頼まれたんだよ！」

「指揮者？」

「げっ。慧、お前っ」

大きく見開かれた乃絵の瞳が、自分のほうへと向けられる。永人は気恥ずかしいような笑いたいような、足をそわそわと動かして視線をそらせた。

　すると、「あ」と昊が乃絵を見た。

「そうだ。中原先生が多野さんにも伝えてほしいって。しばらく音楽の特別授業はお休みだって──」

　乃絵の顔が曇った。その表情にあわてた昊が、彼らしくない素っ頓狂な声を出す。

「で、でも！　合唱の練習をぜひ見に来なさいって言ってたよ！　だ、だから仕事の手が空いたら」

「そうだよ。それに学園祭までたかだか半月くらいじゃない。ちょっと我慢してれば、またすぐに特別授業が始まるよ」

　切迫した昊に続いて、慧がのんびりと言い放つ。そんな対照的な双子を前に、乃絵はすぐにいつもの快活な笑顔を見せた。

「ありがとう。でも、練習を見に行くのはいいかな」

「え？」

「だって歌いたくなっちゃうよ」

　そう言って笑う乃絵に、永人はかける言葉がなかった。

　音楽好きの乃絵は、深夜に音楽室に忍び込んでピアノの練習をしていたことがあった。

　それが『血を吐くピアノ』という学校の怪談と相俟って、騒動になったのだ。

騒動後、東堂の助力もあり、乃絵は音楽の特別授業に参加できることになった。毎日を多忙に過ごしている彼女にとって、この週に二回の音楽授業はかけがえのない大切な時間なのだ。

しかし、さすがに学園祭の演目の一つである合唱隊には加われない。参加することを許されない歌を聴くのはつらい。乃絵はそう思ったのかもしれない。

そんな乃絵を永人はじっと見た。生まれついての身分差。貧富の差。彼女の場合はそれだけじゃない。女性だということも、学ぶ喜びを妨げている。

男子連中の視線に気付いたのか、乃絵がまたニッと笑ってみせた。

「三人とも顔が怖い！　でも、檜垣君が指揮者っていいと思うな」

「え？」

「ええ？　永人君の歌、自由で曖昧なのに？」

「それは関係ねえ」

「自由で曖昧……ああ。調子っぱずれってこと？」

さっきから俺の歌唱力ズタズタなんですが？

乃絵がケラケラと笑った。

「だけど檜垣君、曲の呼吸を摑むのがすごく上手いじゃない。リズム？　やっぱり小さい時から日舞をやってたからなのかなあ。多少複雑な構成の曲も、一回聴いただけですぐに呼吸を合わせることができる。だから指揮者に向いてる気がするよ」

そんなことを言われたのは初めてだ。慧と昊も目を丸くしている。

「頑張ってね。檜垣君」

「う」

「来碕君たちも。合唱隊参加するんでしょ？　楽しみにしてるからね」

永人たちが何かを言う前に、乃絵はきびすを返した。そのまま回廊を去っていってしまう。三人はしばし立ち尽くした。

「……やらないわけにはいかなくなったね。永人君」

「……」

「やらないわけないな？　アア？　檜垣！」

両側から双子に責め立てられる。とりわけ昊の眉間に寄ったしわは、間にトランプカードが挟めそうなほどに深い。

楽しみ。乃絵の言葉が耳の中でこだまする。その声を振り切って逃げ出すことは、永人にはできなかった。「……嘘だろ」うめいた永人を見て、慧が楽しげに言った。

「学園に戻ろう！　中原先生に伝えなくっちゃ。永人君、指揮者やりますって」

慧の甲高い声が回廊に響き渡る。

これが、すべての波瀾の幕開けだった。

三年生の教室では、学園祭に向けた準備が進められていた。

教室を使った学年発表は、大きい世界地図を生徒らで作り、展示することになった。五大陸すべてを大きい紙に手描きし、彩色していく。その上で各国の人口や特色、歴史、政治情勢などを書き記す。現在の世界の状況が一目で見渡せるものを目指していた。

地図そのものを描くのは、もっぱら昊の役目となった。地図を大判の紙に引き伸ばして描くにも、やはり技術が必要だ。慧の代作者としてずっと絵を描いてきた昊ではあるが、この場合はごまかしようがない。そこで、最初から堂々と立候補して地図作成班のリーダーとなっていた。十五人いる三年生のうち、作成班が七人、情報収集班が八人と割り振られた。永人は地図作成班に加わった。

慧や穂田《ほだ》潤《じゅん》之助《のすけ》（見事、学年長に選ばれた！）は情報収集班になった。地下にある図書室に通い、各国のデータを集める作業である。

学園中がそわそわとあわただしかった。それぞれの研究成果を展示する学年発表、倶楽部の活動発表があるため、生徒全員が何かしらの催しに携わっていた。普段閉ざされた学園において、外部へと開かれる数少ない機会である。彼らの様子がいつもよりせわしなかったり、浮かれていたりするのもまた当然なのだ。

そして放課後、永人は来碕兄弟とともに音楽室へと向かった。今日から編成合唱の練習が始まる。

指揮者を引き受けると告げてから三日経っている。歓喜した中原は「改めて合唱隊に参加する生徒を募るね！」などと言ってはいたが、果たして何人集まっているのか。

「僕と昊しかいなかったりしてぇ」

「あ〜そりゃいいや。そうなると俺が指揮する必要ないな」

「檜垣までいなかったら合唱じゃなくなるだろ」

「いいね！　僕と昊の二重唱だぁ！」

この見目もいい二人の舞台なら、木戸銭をもらってもいいくらいだな。そう苦笑しながら音楽室の扉を開いた。そして立ちすくむ。

二十人近い生徒が集まっている。普段の音楽の特別授業だって、十人もいればいいほうなのに。落ち着かない様子の中原が、永人を見たとたん目を輝かせた。

「檜垣くぅん！　見て！　こんなに集まってくれたよ！」

はしゃいだ様子で集まった生徒らを見回す。

生徒は下級生が多かった。五年生はいないものの、数人の四年生もいる。その中に寮長の川名律《かわなりつ》もいることに気付き、永人は驚いた。

「川名先輩？　先輩もですか？」

同じ四年生と談笑していた川名がにこりと笑った。

「うん。檜垣君が指揮者だっていうなら、これは参加しなくちゃと思って」

「いやいやいや。冗談はよしてくださいよ」

「なんで？　冗談なんかじゃないよ。事実、ここに集まった下級生はほとんど君目当てなんじゃないかな」

ハア？　と振り返ってたじろぐ。

一年生と二年生の集団が永人のほうを見つめていた。中には図書室騒動の時に関わった一年の富貴健右《ふきけんゆう》、温室事件の発端である二年の比井野葉介《ひいのようすけ》の姿もある。富貴が飛び跳ねんばかりの足取りで歩み寄ってきた。

「檜垣先輩！　先輩が指揮する合唱隊に参加できて光栄です。よろしくお願いします！」

彼の背後に付き従う一年生らも、いっせいに頭を下げる。磁石にゾロゾロ付いてくる鉄の玉みたいな動きだ。いやいやいや。よろしくされても。

この富貴という少年、知り合ったばかりの時は永人を目の敵にしていたのだ。それが騒動の過程で助けたことをきっかけに、今ではこうして集団でじゃれついてくる。

一方の比井野は、ほかの同級生らとも距離を置き、黙って立っていた。事件以降しばらくは体調を崩していたのだが、ずい分と顔色がよくなっている。その比井野の視線が永人のほうへ流れてきた。目が合う。う、とたじろぐ間もなく、彼は小さく笑んだ。相変わらず、その唇から薔薇《ばら》の花弁でもこぼれ出てきそうな凄味のある美貌だ。永人はあわてて目をそらせた。ほかの生徒と違い、どうもこいつは調子が狂う。

前途多難。そんな言葉しか思い浮かばない。指揮者を引き受けたことを早くも後悔していた。

そんな永人の心境にはとんと構わず、中原が張り切った声を上げた。

「この特別編成の合唱は、学年の垣根を超えてみんなで心を合わせて歌うことに意義がある。だからみんな、いい合唱をしようね！」

そう高らかに言い放つと、中原は合唱曲の三曲を発表した。『故郷の空』『ふるさと』『埴生《はにゅう》の宿』。どれも一度は耳にしたことがある唱歌だ。

それから生徒らを高音、中音、低音のそれぞれのパートに割り振った。下級生が多いので、主旋律をしばしば担う高音層がどうしても厚くなる。中原は人数の不均衡を調整し、最終的にはおもに一年生を高音、二年生と慧と昊を含めた三年生を中音、川名ら四年生を全員低音に割り振った。

ピアノに向かった中原がそれぞれの曲のパートを弾き始める。主旋律ではない中音と低音の旋律が流れるたび、パートに割り振られた生徒らが「分からない～」と声を上げた。だが、その様子は誰もが楽しそうだ。

ところがただ一人、永人だけが何をすればいいのか分からずに突っ立っていた。指揮？指揮ってどうやるんだ？

ひと通り、三曲三音階をそれぞれ弾いた中原が振り返った。

「指揮については、檜垣君にまた別途教えるね。大丈夫！　この場合、高度な技術を要求しているわけじゃないんだ。楽しく一緒に歌えるよう、音を牽引してほしいんだ。まずは『故郷の空』が二拍子、『ふるさと』が三拍子、『埴生の宿』が四拍子と覚えていればいいよ」

拍子が全部違うじゃねえか！　もうこの時点で何が何やらだ。もちろん日舞も拍子をとって舞うものではあるが、指揮者としての二拍子やら三拍子やらの動きが分からない。前途多難どころじゃない。俺に務まるのか。もしも失敗して、舞台上で赤っ恥をかいたりしたら？　その様を想像し、背筋をぞくぞくと震わせた時だ。

中庭に面している窓の外に人影がよぎった。端からこっそりと誰かが顔を覗かせている。乃絵だ。ところが永人と目が合うや、あわてて顔を引っ込めてしまう。すると、彼女と入れ違いに二人の人物が窓の外に現れた。永人は今度こそ逃げ出しそうになる。

生徒会長の東堂広哉と副会長の黒ノ井《くろのい》影人《かげひと》だ。乃絵を見送った東堂の視線が室内へと移る。永人を認めると、にっこり笑って手を振ってきた。胡散臭《うさんくさ》いくらい爽やかな姿だ。

突然現れた学園の双璧に、生徒らがいっせいに色めき立つ。気付いた中原が窓に飛び付いた。急いで開け放つと、意気込んで身を乗り出す。

「とっ東堂君、黒ノ井君！　もしかして合唱隊に参加してくれるの？　よかった！　実は低音パートの人数が少なくて」

「ああ、申し訳ありません中原先生。僕と影人は生徒会の仕事で手一杯なのです。残念ながら合唱隊には参加できそうにありません。ただ、先ほどから素敵な旋律が聴こえていたものですから。練習の様子を拝見しようかと」

東堂の返事に、中原は「そうかあ」とがっくり肩を落とした。対して、永人はホッと胸を撫で下ろした。この二人を前に指揮をする？　想像しただけで気が遠くなりそうだ。

あからさまに安堵した永人を見て、東堂が苦笑した。

「檜垣君の新たな一面を見られることを楽しみにしているよ。ところで……檜垣君、これから僕と影人並みに忙しくなるんじゃないのかな」

「はっ？」

「先生、練習の邪魔をして申し訳ありませんでした。では諸君、この特別編成の合唱隊でぜひとも学園祭を盛り上げてほしい。大いに期待している」

窓越しに呼びかけられた生徒らが、そろって「はい！」と唱和した。満足げに頷いた東堂が立ち去る。続いた黒ノ井が、去り際にちらりと永人を見た。指を短銃に似せた形にすると、こちらを撃ち抜く真似をした。そうしてにやりと笑い、東堂を追う。なんだありゃ。

架空の弾丸に撃ち抜かれた胸に、漠とした不安が広がる。

忙しい？　生徒会の二人並みに忙しいとはどういうことだ？

東堂に鼓舞されたせいか、中原がまた張り切ってピアノに向かった。跳ねるような旋律が、その大きくて四角い楽器から流れ出す。『故郷の空』の主旋律だ。

めいめいに口ずさむ生徒らの歌声を聴きながら、永人は逃げた乃絵を思い出した。

俺なんかじゃなくて、彼女がここに立っていられればいいのに。

そう思えば思うほど、唱歌の旋律を遠く感じた。


夕飯時、一同を見渡せる上座の位置に東堂と黒ノ井が立った。黒ノ井が一枚の紙片を掲げ、全員に向かって話し出す。

「食べる前に、みんな聞いてほしい。今年の『建国・五大王』の配役が決定した。学園長の代理として、生徒会が名前を発表する」

生徒たちがはっと息を呑んだ。食堂を兼ねた集会室内に、緊張が一気に広がる。

千手學園祭では、毎年必ず上演される戯曲がある。その名も『建国・五大王』。五大陸をそれぞれ支配する五人の王が一堂に会し、我こそが世界の覇者にふさわしいと主張する会話劇だ。この五人の大王役は、教師らによって生徒の中から選ばれる。当然、学業や運動面、普段の生活態度など、秀でている者が選出される。さらには、終幕後に観劇した教師らと保護者や賓客によって、五人の『王』の中から〝覇者〟が選ばれるという。

　期待と緊張、けれどそれだけではない複雑な心情が生徒らの表情に現れている。そんな彼らの顔を見る永人の脳裏に、〝不吉な戯曲〟という言葉が甦った。

　慧と昊曰く、この芝居に関わる者は、必ず何らかの〝不幸〟に見舞われるという。永人は詳細を知らないが、やはり昨年も何らかの事件があったようだ。そのため、『建国・五大王』は〝不吉な戯曲〟と呼ばれ、生徒たちからひそかに惧れられている。

　それでいて、五大王に選出されること、かつ〝覇者〟に選ばれることは大変な名誉ともされていた。何しろ配役は保護者や関係者各位に通達されるだけでなく、なんと新聞にまで載るという。学内ヒエラルキーを如実に表すこの芝居に出ることは、選りすぐりの生徒であると大々的に喧伝するも同然なのだ。選ばれたい。でも怖い。この葛藤が、一篇の戯曲をより特別なものにしていた。

ま、俺には関係ねえけど。永人は内心ため息をついた。今の自分には、指揮者のほうがよほど荷が重い。

　黒ノ井の堂々とした声が集会室に響いた。

「では発表する。『一の王』、五年生夏野《なつの》仁平《じんぺい》。『二の王』、四年生小菅《こすげ》幹一《かんいち》。『三の王』、四年生嘉藤《かとう》友之丞《とものじょう》――」

どよめき、ため息、ひそやかな興奮が室内を満たす。現警視庁警視総監の息子、幹一の名が読み上げられた時は、「さすが兄さん！」という弟の幹二《かんじ》の甲高い声が響き渡った。

黒ノ井の声が続ける。

「『四の王』、三年生来碕昊」

「えっ？」ほとんど同時に双子が声を上げた。昊が戸惑った顔を兄に向けたとたん、慧が飛び上がって弟に抱き付いた。

「すごーい！ 昊、選ばれた！ すごい！ お父様もお祖父様も喜ぶよ！」

昊の頬がかすかに強張《こわば》った。その硬さを目に映した永人の耳に——

「最後に『五の王』……三年生檜垣永人」

「——」

どよめきが大きくなった。集会室中の生徒の視線が自分に集中する。永人は今にも椅子からずり落ちそうになった。

俺？ 毎年上演される伝統の芝居に、この俺が？

すると、今まで黙っていた東堂がパンと手を打ち鳴らした。

「まずは選ばれた五人、おめでとう。伝統あるこの芝居、成功するよう奮闘してほしい。続いてこれも毎年のことだが、各役に代役がいる。この五人のうち、どうしても舞台を務めることが困難になった場合は彼らが舞台に立つ。その代役を発表する。影人」

今度は五人の代役がそれぞれ発表された。永人の代役は三年生の学年長である潤之助だ。自分の名前が読み上げられたとたん、彼は「うひぃ」とうめいた。

代役の五人も発表されると、再び東堂が黒ノ井に代わって話し出した。

「以上だ。選ばれた五人、そして代役の五人にもそれぞれ戯曲の写しを渡す。後で僕の部屋に取りに来てくれ。明後日から稽古に入るからそのつもりで」

そこで言葉を切る。一瞬の空白に、生徒らの視線がさらに強く彼の姿に引き寄せられた。

「各々、自らの役割をしっかり果たすように。何か不満や不備があったら遠慮なく進言してほしい。多様な意見こそが成功の鍵だ。君たち一人一人のやり遂げたいという強い意志こそが、この学園をさらに発展させる。それを忘れるな。千手學園祭を大いに盛り上げるために、諸君らの力をぜひ僕に貸してくれ。——期待している」

いつになく熱い生徒会長の語気に、生徒たちはすっかり呑まれていた。東堂を見る目が輝いている。真摯な口調、真っ直ぐな視線は自分だけに語りかけられたような錯覚さえ起こす。永人ですらそうだ。

……彼のせいか。永人は内心思い返した。

蒼太郎が生きている。そしてあの中国で自分を待っている。そう確信した東堂の佇まいはさらにしなやかに、強靭《きょうじん》になった。今、こうして語りかける姿にも驚くほど太い芯が通っている。それを感じるのか、ここ最近の彼を生徒たちはますます羨望の目で追うようになっていた。

未来の先導者。その兆しを、東堂は間違いなく萌芽させている。

ふと、昊と目が合った。はしゃいでいる兄とは対照的に戸惑った顔つきだ。それはそうだ。地図作成、合唱隊に芝居と大忙しなのだ。永人だって頭を抱えたくなる。

指揮者と芝居？　冗談じゃねえ。

身体がいくつあっても足りない！


糊付けして繋ぎ合わせた大判の紙を教室の床に広げ、昊が拡大した地図を慎重に下描きしていく。まずはアメリカ大陸からだ。この下描きだけは昊が一手に引き受けているため、地図作成班も永人以外は情報収集班に回っていた。五大陸すべてを下描きしてから作成班で彩色し、収集班が集めてきた情報を書き込むのである。

「昊、手伝うことない？　鉛筆削ってあげようか？　あっ、手本の地図、広げて押さえてようか？」

慧が周囲をウロチョロしている。「慧は収集班だろ。図書室に行けよ」と永人が呆れると、「だって」とむくれた顔を見せた。

「僕がいなくたって、みんながやってくれるもん。だったら僕は昊の手伝いをする」

放課後の教室だった。生徒らは地下の図書室で調べ物をしたり倶楽部の催し物の準備をしたりと、それぞれが学園祭に向けて勤しんでいる。

「ここだってお前がいてもやることないだろ」

「そんなことない！　あと少ししたら合唱の練習が始まるでしょ。僕は昊と永人君が練習に遅れないようにお知らせする時計代わり」

ああ言えばこう言う。永人は苦笑した。

しかし、昊の顔色はすぐれない。地図作成の責任に加え、『建国・五大王』に選抜されるという重責まで加わったのだ。

そしてそれは永人も同じだった。またも頭を抱えてしまう。

「やっぱ指揮なんてできませんって言おうかな……」

「えっ！　それはダメだよ永人君！　永人君が指揮をするからみんな集まったんだよ？　永人君が抜けちゃったら、きっとみんな辞めちゃうよ。中原先生泣いちゃうよ？」

本当に泣き出しそうで怖い。

その時、教室に一人の教師が入ってきた。地理教師の千手五之助《ごのすけ》だ。千手一族の一人で、常に生徒を睥睨《へいげい》するような威圧的な態度を取る教師である。永人は以前から苦手としている教師だった。

千手學園の場合、学年ごとの決まった担任教師がいない。その代わり、学期が替わるたびに教師らがそれぞれの学年を持ち回るのである。これは教師が学園一人一人の生徒とつぶさに向き合うという目的と同時に、クラスの運営、自治を生徒に一任するという意味合いも持つ。

そして五之助は、今現在の三年生担当だった。「こんにちは」という慧の言葉にかすかに頷いただけで、拡大複写された地図を見て「うむ」とつぶやく。

「しかしこのメルカトル地図というものは、航海には役立つのだが、国の面積が正確でないのが常々気に入らない」

「へえ。国の大きさって、本当は違うんですか？」

首を傾げた慧を、五之助がじろりと見た。

「勉強したはずだがね。地図には数種類あって、このメルカトル図法は目的地までの角度が計算できるものだ。だから航海に向いている。その分、緯度が赤道から離れるに従い、面積などの情報は正確ではなくなる。他国に比して、本邦がこんな小さいわけがない！」

図らずも怒られた慧が口をすぼめた。永人の背後にそそくさと隠れる。

黙々と地図を拡大複写する昊の手元を見ながら、五之助は再び頷いた。

「ここに各国のデータを書き込むと聞いている。とはいえ、国の形が無様では何にもならない。慎重に描きたまえよ」

何もやらねえくせに、偉そうだなあ。つい、永人は一歩引いてしまう。

　すると、ぐしゃりという音が室内履きの下で鳴った。えっ。足元を見下ろした永人は目を丸くした。

　床に置いてあった戯曲の冊子を踏んでいる。旲のものだ。生真面目な彼は、少しでもセリフを頭に入れようと、こうして常に手元に置いているのである。あわてて足を上げたが、すでに遅い。室内履きの足跡が表紙にくっきりと付いてしまった。

「わ、悪《わり》ぃ！　踏んづけちまった……旲、俺のと交換しようぜ」

「え？　いいよ別に。もう僕の名前も書いてあるし」

　確かに、二つ折りにして綴じられた表紙の隅には『来碕』と小さく書いてある。が、その名前の真横に大きい判子のように足跡が付いてしまったのだ。

「いや、俺のまだ新品だから。な、こんな汚しちまって悪いよ」

　風呂敷包みから出した自分の冊子を旲に手渡す。ぱらぱらとめくった旲が呆れた顔をした。

「ホントだ。新品だ」

「つまり、まだちっとも読んでないってことだね！」

「うるせーな。とにかく、これは俺が引き取る。な」

　自分の足跡が付いた冊子を手に取った。「分かった」と旲が肩をすくめる。すると、「あっ」と慧が飛び上がった。

「いっけない、もうすぐ合唱の練習！　急いで片付けて行こう！」

　三人が片付けを始めると同時に、五之助も「では」ときびすを返した。が、すぐに足を止めると、「各国のデータについて、何か疑問などがあったら相談しなさい」と言い残して去っていった。永人は思わず慧と顔を見合わせた。

「いまいち、生徒想いなのかなんなのか分からねえ先生だな」

「えー、あれは自分の点数稼ぎでしょ。生徒からの評判がいいと、千手一族の中の待遇も上がるって噂だもん」

「ホントかよ」苦笑しつつ、地図作成の道具を片付け、教室を後にした。一階にある音楽室に入ると、永人たち以外のほぼ全員がそろっていた。ピアノを弾いていた中原が振り返る。

「檜垣君は全員の前に立って。じゃあみんな、昨日決めた位置に付いて」

　中原の指示を合図に、ばらばらに集まっていた生徒らが移動を始める。中心に高音担当の生徒、永人から向かってピアノに近い左側に低音、反対の右側に中音の生徒が並ぶ。永人は半円に並んだ彼らの真ん前に立つ形になった。総勢二十一人、四十二の瞳がいっせいに永人を見つめる。うう。内心たじろいだ。

　とりあえず指揮の振りは教わっていた。二拍子はレ点を描く感じ。三拍子は三角形を。四拍子は三角形の最初の一辺にもうひと振り加えて四つの辺に。確かに動きそのものはさほど難しくはない。しかし一定の速度を保ち、しかもそれぞれのパートがちゃんと調和するよう心がけ、かつ唱歌を先導し――

無理！　絶対無理！

「じゃあまず、ひと通り各パートを弾いていくね。おもに主旋律を担当する高音部からいくよ。『故郷の空』『ふるさと』『埴生の宿』の順番で」

そう言った中原が永人を見た。えっ？　俺？　突っ立っていると、目の前にいる富貴がそっとささやいてきた。

「先輩。先輩が指揮を振らないと、先生が弾けないんです」

「そ……そういうもんなのか」

仕方なく、頭脳をフル回転させた。『故郷の空』は二拍子。ということは、レ点。

そこで右手でレ点を振ってみた。前奏が流れ出す。が、異様に速い。あれっ。なんだか思っていたのと違うぞ。その速い旋律に合わせ、高音パートの生徒らがいっせいに歌い始める。

夕空晴れて秋風吹き――

だが、歌は秋風どころか、さながら暴風の様相だった。まずい。まずい。焦れば焦るほどレ点の速度が速くなる。高速で釘打ってんのか？　という勢いだ。〝ああ我が父母《ちちはは》〟の歌詞のあたりは早口言葉である。とうとう途中で唱歌が空中分解し、止まってしまった。

戸惑った生徒たちの視線が、指揮者である永人にいっせいに注がれる。永人は顔を引きつらせた。

　いや待て待て待ってくれ、これは俺のせいじゃ……あ、俺か。

「うーん」さすがに困った顔になった中原が首を傾げた。

「檜垣君には個別に練習をしてもらおうかな。はい、じゃあもう一回、高音からいくよ」

一、二、と手で拍子を取った中原がピアノを弾き始める。さすがその姿は堂に入ってお

り、指揮などがなくとも生徒らは滑らかに歌い出す。

　なんだよこれでいいじゃねえか。俺いらねえだろ……

　そうは思うものの、このますますごすごと引っ込むわけにもいかない。教室の隅で、歌う

生徒らに合わせて懸命に拍子を取ってみた。が、すぐにずれたり拍子を見失って立ち往生

してしまったりと散々だ。それに、たとえ最後まで拍子を外さずに振り続けたとしても、

調和だの牽引だのからは程遠い。

　これはまずい。血の気が引く。このままじゃ赤っ恥をかくだけだ。どうにかしねえと。

気配に気付き、顔を上げた。また乃絵が教室の端っこの窓から覗いている。今のトンチ

キな姿を見られたか。顔が熱くなると同時に目が合った。とたん、またも彼女は顔を引っ

込めて逃げてしまう。いや？　逃げ出したいのは俺のほうだけどな？

　高、中、低音、それぞれの生徒らの歌声が伸びやかに響く。まだ慣れない部分はあるも

のの、どのパートも澄んだ音を響かせている。『乙女座』の少女らの歌声を思い出した永人は、男声の合唱も悪くないと思った。

だからこそ、自分の状態が情けなかった。今のままでは、自分だけがひょこひょこ飛び回るカエルである。

呆然とする永人を置いて、生徒らの歌声が先へ先へと軽やかに走る。その行く末を、永人は身動きできぬままに耳で追っていた。

三つの唱歌、三種類の拍子が頭の中をぐるぐる回っている。翌日の昼休み、永人は一人でぶつぶつと歌を口ずさんでは拍子を取り、手を動かしていた。場所は中庭である。その間にも、大きな資料を抱えていたり、熱心な議論を交わしていたりする生徒らが行き交う。学園祭に向けた緊張と興奮が、丸い寄宿舎の壁に反響し、練習する永人の全身に降り注いでいた。

埴生の宿も我が宿　玉の装い羨まじ――

永人の声に重ねるように、背後で歌声が響いた。振り向くと、資料らしき本を抱えた慧が立っている。むふふと笑って駆け寄ってきた。

「様になってきたんじゃない？　すごいな、永人君」

「こんなの、ただのモノマネだよ。まだまだだ」

「真面目！　でも永人君、今夜から芝居の稽古も始まるでしょ？　大忙しだねぇ」

そうなのだ。今夜から夕食後に『建国・五大王』の稽古が始まる。慣習としてその年の生徒会長が演出を務めるという。実質は脚本の読み合わせのようなものらしいのだが、セリフは本番までに覚えなければならないので確かに忙しいのだ。

すると、ため息をつきそうになった永人の横で、慧がつぶやいた。

「永人君も昊もすごいや」

「はあ？　すごいって何が」

「ねえ永人君。僕にできることって何かな」

「……」

「みんな、なんでもできる。将来、何になるかも見えてる。でも、僕は？」

そういえば、夏休みに入る前の夜も同じことを言っていた。永人は思い出す。

うーんと伸びをした慧が、空を見上げた。

「あーあ。学園祭、来なきゃいいのになあ」

「え？　ずい分楽しみにしているように見えるけどな」

「うーん。学園祭そのものはとっても楽しみ！　今年は永人君もいるし。でも」

慧の顔がふっと翳《かげ》りを帯びる。

「来てほしくないなってこと」

「……」

それは父親、そして祖父のことか。何かあったのだろうか。夏休みは楽しかったと言っていたと思うのだが。

「慧――」

「あ、昊が待ってる。じゃあ永人君、指揮の練習頑張って！」

沈んだ声音を消した慧が、弾む足取りで回廊のほうへと戻った。永人に向かって手を振ると、寄宿舎から出て行く。

そして慧の言葉通り、放課後の合唱練習はずい分とましになった。昨日よりは劇的に音に合わせせられるし、暴走早口言葉のような混乱に陥ることもない。

が、これはあくまで一人で振っているからだ。生徒らの前に立ち、自分が唱歌を引っ張る立場になったら、またどう脱線するか見当がつかない。しかもただ振るだけならまだしも、それぞれのパートの見せ場もあり、指揮者はそれも強調しなければならない。

この全体を束ねて率いるだけでなく、パートを強調するというのが難しかった。せいぜい、音のパートに合わせて手を大きく振るくらいが関の山だ。なんとも不恰好な上に、下手したら拍子を外して唱歌を台無しにしてしまう。

合唱の練習後、中原は永人一人を残して指揮法を指導してくれた。彼が指揮を振る姿は、さすがどの動作も柔らかく自然だった。例えば音をまろやかに響かせたい時。音を強調したい時。左手は二、三、四拍子、それぞれ基本の形を描きつつ、右手を上げたり前に出したり、そよがせたりして音の表情を導く。手が語っているかのようだ。朴訥《ぼくとつ》とした印象の中原の全身が、とたんに表現力豊かになる。しかしその姿を見れば見るほど、永人は落ち込むばかりだ。

「先生に比べりゃ、俺なんざ腰の抜けたタコ踊りですよ……」

「そんなことないよ！　そりゃあね、何より大切なのはテンポを乱さないことだけど」

不甲斐ないと嘆く永人を見た中原がニコニコ笑った。

「でも檜垣君は常にかかとで拍子を取っているね。前のめりに拍子を取るのではなくて、重心を背中に、少し下げて取っている。だからかなり正確に拍子を刻むことができる。これが自然にできるのは、やっぱり音や踊りに触れてきた人の動きだと僕は思ったよ」

「かかと……ああ、そういや、そうかもしれねえですね」

「それに音に合わせて動くだけなら、訓練すればある程度できる。だけど、何気ない手首の返し、肩の動きや目線、そういう細かい柔軟さはやっぱり違うもの」

誉めてくれるのは嬉しいが、このままでは生徒らの前でクネクネ動くだけのタコ入道だ。

「練習あるのみか……」そうつぶやいた永人は、中原が特別に用意してくれた楽譜に目を落とした。そしてそれらと一緒に持ち歩いている冊子を見てゲンナリする。

『建国・五大王』の戯曲の写しだ。ちなみに永人が付けてしまった足跡は、払っても拭っても消えなかった。おかげで、表紙には今も掠れた足跡がデカデカと残っている。さすがにこのままでは恥ずかしいので、人目に触れないよう表紙面を常に伏せて持ち歩いていた。

「そういえば」と中原が声を上げた。

「檜垣君、毎年恒例の芝居の五人にも選ばれたんだって？　大変だね」

「はあ。まあ……あ。そういや、『建国・五大王』って〝不吉な戯曲〟って言われてるとか。いつも出演者によくないことが起きるって」

「ああ」と中原が頷いた。

「そうみたいだね。僕もこの学園に赴任してまだ日が浅いから、去年初めて観たんだけど」

「去年もひと騒動あったらしいですね。何があったんです？」

うーん、と中原は宙を見た。

「なんだったっけ……ああ、そうそう。五人の大王役のうちの一人がね、ほかの生徒の部屋に無断侵入したんだよ」

「えっ？　侵入？」

「うん」中原は記憶が甦ってきたのか、滑らかに話し出した。

「学業も優秀で、とても行儀のいい生徒だったからみんなビックリしたんだよ。侵入したのが見つかって、いたたまれなくなったんだろうね。その後すぐに役も降板して、学園祭前に退校してしまったんだ」

「原因は？　なぜその生徒はほかの生徒の部屋に入ったりしたんです？」

「それが皆目分からないんだ。本人がすぐに退校したこともあって、未だに原因は不明のままだよ」

「誰の部屋だったんです？　それ」

「東堂君」

「はっ？」

東堂？

一気に話がきな臭さを増す。

眉をひそめた永人に気付かず「だから」と中原が続けた。

「彼が降板、退校してしまったから、その役は代役の生徒が務めたんだよ」

「誰です？　その代役って」

とたん、はっと中原が息を呑んだ。そわそわと頬をかく。……まさか。永人はその先を聞きたいような、聞きたくないような、いやな予感がした。

やがて顔を上げた中原は、永人が予想していた名前を口にした。

「……檜垣蒼太郎君」

澄ました顔をして戯曲をめくっていた東堂が立ち上がった。集う生徒らを見回す。

「みんな集まってくれてありがとう。それぞれの準備も大変だと思うが、この戯曲は学園祭の目玉でもある。ぜひ成功させよう」

夕食後、集会室には大王役の五人の生徒、そしてそれぞれの代役の生徒が集まっていた。ちなみに、昊の隣には慧が、幹一の隣には幹二が当然のように同席している。

「知っての通り、この戯曲は一つの場所で展開する会話劇なのだが。僕も五大王役には一昨年に選ばれた。大変な名誉だと今でも思っている。諸君らもぜひ力を尽くしてほしい」

そうか。東堂は一昨年の五大王役だったのか。永人はひそかに思案した。

蒼太郎も、昨年はある生徒の代役だったという。そしてその生徒が東堂の部屋に無断侵入するという事件を起こし、結局は蒼太郎が舞台に立った。これには、何らかの意味があるのだろうか？

東堂が和綴じの古びた戯曲を手に取った。明治時代に書かれたという『建国・五大王』の原本だ。大きく書かれた題名の隣に、戯作者らしき人物の名前が小さく付されている。しかし永人らに配られた写しの表紙は題名のみで、この作者の名前はなかった。

「では読み合わせを始める。なお、慣例とはいえ、僕が演出担当ということになる。恥ずかしいものにはしたくない。ただセリフを覚えて言えばいいなどという意識では困る。選ばれたからには、それぞれの大王にふさわしい威厳を以て役に接してくれたまえ」

王の威厳なんて分かるわけがないだろ。と思いつつ、もちろん反論はしない。読み合わせが粛々と始まった。

一つの円卓を囲み、五人の王らが自国の長所を並べ立て、我こそが世界の覇者だと主張する。ぼかしてはいるが、明らかに現実に存在している国を参考にした内容だ。


一の王は夏野仁平。剣道倶楽部の主将、かつ武道全般に優れている彼は、カラリとした気さくな性格のためか東堂や黒ノ井とはまた違う人気を博している生徒だ。

『本国からの華々しい独立、野蛮なる先住民征圧。内外の脅威を駆逐した末に、各国から夢を抱いた人々が集まってくる。偉大なる自由の精神《フロンティア・スピリット》！』

二の王は小菅幹一。東堂一強の牙城に食い込もうと涙ぐましい努力をしているが、いかんせん本人に人望がないせいか、学園内の影響力は一部に限定されている。

『南へ東へ、遠征を繰り返し、あらゆる土地の多様な民族を包括する強大国。今や世界一の領土を誇る先鋭国家なり！』

三の王は嘉藤友之丞。感情を窺わせない能面のような顔つきではあるが、実は『変』なことが大好きだ。腹の中で何を考えているのか、まったく不明な生徒だ。

『悠久の歴史がもたらす大いなる国。先進的な文化、文明は繁栄を以て他民族を圧倒した。誇り高き大国なり！』

四の王は来碕昊。兄の慧に比べると大人しい印象だが、学業運動ともに秀でており、周囲の信頼も厚い。

『連綿と続く由緒ある王族の血統、革命的な技術革新による大発展は、文字通り世界の変革に貢献したり！』

そして五の王が永人だ。

『海に囲まれた島国ゆえの国土の豊かさ、独自の豊穣なる文化の発展。加えて他国のような人種の混合もない、純粋な同胞《はらから》による血の連帯！』

この後、各国の歴史、王の来歴が物語風に語られ、『世界の〝覇者〟に相応《ふさわ》しきは誰か、いざ、審判を仰がん』と言い、幕は閉じる。そして芝居を観た来訪客、教師らの意見を鑑《かんが》み、今年の〝覇者〟が学園長から発表される流れだという。

互いの主張と語られる歴史や来歴が主なので、普通の芝居のような起承転結があるわけではない。半ば形式的な儀式と化した会話劇だ。

ひと通り読み合わせを終えると、「うーん」と東堂が大仰《おおぎょう》に眉をひそめた。

「みんな、なかなかに威厳があって悪くない。だけど……やはり何かもう一つ、強烈な印象がほしいな。というわけで、今年は特別にこの戯曲の続きを演じようと思う」

えっ？　生徒らが一様に困惑する。ただ一人、東堂だけが涼やかな笑みを湛えて続けた。

「実はこの『建国・五大王』は各々が自国の長所、歴史を披露し合って終わるものではないんだ。本当は続きがある。それぞれの国の短所を糾弾し合うという内容でね。そのために、今までは相応しくないとしてこの終幕部分は演じられてこなかった。今年もそうすべきかと考えたのだが……こうも毎年同じではいかにも味気ない。だから例年と違うことを僕は提案したい」

そう言うと、持ち込んでいた紙束を出して配布させた。本当の終幕部分の写しだ。

「この戯曲に、こんな終幕があったなんて知らなかったな」

苦笑した夏野が声を上げた。永人も呆れてしまう。おいおい、演《や》るのは俺たちだぜ？

確かに、内容は今までの称賛に満ちた主張の数々から、互いの欺瞞《ぎまん》や弱点を暴くものになっている。もしや、戯曲の作者が本当に書きたかったのはこちらのほうなのでは？　永人はひそかに首を傾げた。

それから一時間ほど、読み合わせをして初日の稽古は散会となった。まったく、気まぐれで強引な生徒会長のせいで、また面倒なことが増えてしまった。永人はため息をつきそうになりながら、来碕兄弟とともに寄宿舎の部屋へと戻った。

なんなんだこの芝居。〝不吉な戯曲〟。その通りだな。

「わっ」

螺旋《らせん》階段を上り、三階の回廊に入った時だった。昊が足をつまずかせた。慧があわてて弟を支える。

「大丈夫、昊？」

「うん……ごめん。ちょっと、疲れて」

そういえば、読み合わせの最中もしきりにあくびをかみ殺していた。永人も昊の顔を覗き込んだ。

「平気かよ。目ぇ開いてねえぞ。寝不足か？」

ああ、と口ごもった昊の代わりに、慧が答えた。

「昊ねえ、一昨日《おととい》くらいから朝ご飯の前に教室に行って地図の下描きしてるの」

「えっ？　そうなのか？」

「今のままだと完成に時間がかかるからって。だから多野のおじさまに朝早く校舎の鍵を開けてもらってるの。で、合唱もあるし、芝居のセリフも覚えなくちゃならないし」

確かに多忙だ。しかも生真面目、弱音も吐かない性格だから、すべて一人で呑み込んで頑張ってしまうのだろう。

慧がどこか困った顔で昊を見た。

「昊。僕にできることがあったらやるよって言ってるのに。ちっとも頼ってくれない」

「……そんなことない」

「だったら僕にできることあるでしょ？　言ってよ。僕も頑張るから」

とはいえ、下描きは昊以外に任せられないし、歌も芝居も最終的には昊自身で会得しなければならない。いくら慧でも、代わりにできることはない。

すると、兄を見つめ返した昊が、小さく口を開いた。

「……じゃあ。一つ、いいかな」

「うん。何？　何？　僕、昊のためなら――」

「医者になって。慧」

思いがけない言葉に、慧が目を見開いた。永人もぎょっとする。

医者になる。これが兄弟の間でどれほど微妙な緊張をはらむ話か、永人ですら分かっている。

そんな敏感な話を、なぜ今、この場で持ち出す？　永人には昊の考えていることが分からず、息を詰めて二人を見た。

「……それは、ダメだよ」

やがて、ぽつりと慧がささやいた。口元こそ笑ってはいるが、目が暗い。

「僕は身体が弱いし。昊みたいに勉強もできない。医者になるのは昊だよ」

「ううん。慧は勉強ができないんじゃない。やらないだけだ。だから」

「違う」

慧の鋭い声音が昊の言葉を遮った。笑みが消えている。目がますます暗くなる。

「なんでもできるのは昊だ。だから医者になるのは僕じゃない……昊だ」

それきり二人とも口を閉ざしてしまう。見つめ合う目はどちらも暗く、その闇で、互いを傷付けてしまいそうに見えた。「おい」永人はあわてて二人の間に入ろうとした。

突然、昊がふっと笑った。はっと慧が息を呑む。

「冗談だよ。ごめん」

「……昊」

「戻ろう。さすがに疲れた。明日も早いから。じゃあ檜垣、お休み」

歩き出した昊を慧が追いかける。ちらりと永人を振り向いたその顔には、緊張と困惑がうっすらとこびり付いていた。部屋に入る二人を見送った永人は大きく息をついた。

出会った当初は、まさに一心同体に見えていた二人だった。だけどこの頃は違う。一つの土壌に生えた二本の若木が、それぞれの根の違いに気付き、互いに成長を始めたような――

自分の部屋の前に立った。扉を開き、中に入る。そのとたん、何かを踏んだことに気付いた。屈んでみると、折りたたまれた一枚の紙が床に落ちていた。扉の下の隙間から入れたものと思われる。なんだ？　手に取り、開いた。そして息を呑んだ。

紙面には、利き手ではないほうで書いたと思《おぼ》しいたどたどしい筆跡で、こうしたためられていた。

『来碕昊ハ「五大王」ニ相応シカラズ』


不吉というより、不穏。

翌日、永人は一人で悶々と考え続けていた。

昨夜、部屋に投げ込まれていた怪文書。

『来碕昊ハ「五大王」ニ相応シカラズ』

なんだありゃ。どういう意味だ。昊が相応しくない？　ふざけやがって。気味の悪さもさることながら、卑怯なやり口が気に食わない——

「聞いてる？　檜垣君」

飛んできた声にぎょっと顔を上げた。見ると、教卓に座る雨彦《あめひこ》が永人を見上げている。

「疲れているんじゃない？　芝居と合唱、両方出るんでしょう」

昼休みの美術室に来ていた。遅れていた素描の課題を完成させ、提出するためだ。自分をじっと覗き込む雨彦の視線にうろたえ、永人は頭をかいた。

「あ、まあ。でも昊はもっと大変ですよ。学年発表の地図作成もほとんど一人で担ってる。もとの地図を拡大して模写すればいいとはいえ、やっぱり難しいみたいで」

「ふうん」とうなった雨彦が机の引き出しの鍵を開け、中から白紙の紙束を引っ張り出した。鉛筆と定規を手に取る。束を横にすると、一番上の紙面の中心にざっと十字の線を引いた。

「おそらく、大きさのバランスが一番難しいよね。えーっと、地図、地図」

卓上にある本立ての中から、一冊を取り出して広げる。世界の美術工芸品を網羅した百科事典のようなものらしく、外国語で書かれている本だ。

「地理の教科書を参考にしてるよね？　じゃあ、メルカトル図法で間違いないね」

「メル……はい、なんかそんな感じの」

永人の目の前で、雨彦が冒頭に載っている世界地図の挿絵を写し始めた。最初は大まかに大陸を配置し、続いて大雑把ながら形を正確に写す。そして十字の線を中心に、定規を使ってさらに細かく、均等に線を引く。この間、十分ほど。出来上がった簡易地図をとっくりと眺めると、雨彦は「はい」とその一葉を永人に手渡した。

「来碕君に。ちょっとでも役に立てば」

「ありがとうございます！　昊、きっと喜びます」

顔を輝かせて受け取った永人を見て、雨彦が小さく笑った。が、その淡雪みたいな笑みは、唇の端にすぐに消えていく。

「あまり無理をしないように。どうしてもできないとなったら、放り出すこともまた一つの道だ」

思いがけない言葉に、永人は内心訝《いぶか》った。けれど、雨彦はすでに何ごともなかったかのように引き出しに紙束を戻すと、また鍵をかけていた。永人も一礼し、美術室を後にした。

それから寄宿舎に戻り、中庭に出た。指揮の練習をしようと思ったのだ。が、いざ両手を振り上げて始めようと思っても、やはり例の怪文書のことをあれこれ考えてしまう。

くそっ。言いたいことがあるなら、正々堂々言いやがれ。誰があんなもんを。五大王を演りたかったヤツの仕業か？　もしくは、昊に恨みを持つ者？

だが、それを自分に言ってくるというのはどういうことか。何が目的なのか？

「疲れない？」

背後で声が上がった。「おっ？」振り返ると、ほうきを手にした乃絵が立っている。

「さっきからその姿勢でじーっと動かないんだもん。それも指揮の練習なの？」

「ち、違《ちげ》ぇよ。そんなんじゃ」

言いかけて、無様な姿は散々見られていると気付く。がっくりと肩を落とした。

「情けねえ。いつまで経ってもタコ踊りで」

「そう？　最初に比べたらずい分上手くなったんじゃない？」

「一人だったら、どうにかかな。けど全員の前に立つと、どうしても突っ走っちまいそうで」

「うーん？」乃絵が首を傾げた。

「そうかなあ。檜垣君、曲の拍子を取るのは慣れているんだから。歌と自分をそこまで分けて考えることないんじゃない？」

「え？」

「指揮の動きを踊りだと思えばいいじゃない。日舞の時だってそうなんじゃない？　曲の喜怒哀楽をちゃんと肚《はら》に落としてから動くものなんじゃないの。それと同じだよ」

「踊り……」

「焦りさえしなければ、拍子を外すことなく刻めるんだから。歌詞の内容をもう一度読み返してみれば？　で、嬉しいとか楽しいとか、そういう情緒をみんなと一緒に踊ればいいんだよ。指揮というやり方で」

指揮は踊り。思ってもみなかった言葉に、目の前がすこんと開けた。思わず乃絵を見る。

「すげえな。多野」

「え」

「そんなふうに考えたことなかったぜ。なんか、少しできる気がしてきた。ありがとな」

礼を言われた乃絵の頬が赤らんだ。「そう」とそっぽを向く。秋の陽光が、その頬を柔らかく照らし出していた。

「た、大変そうだね。檜垣君、あちこちで引っ張りだこじゃない」

「あちこちってわけじゃねえけどよ。まあ……忙しいな」

のみならず、例の怪文書だ。〝不吉な戯曲〟の噂に相応しい展開になっている。

すると、乃絵が「あ、午後の仕事に遅れる」とほうきを握り直して永人から離れた。回廊へと戻っていく。その背中を見送りながら、永人は音楽室に入ればいいのにと思った。

乙女座の舞台では、乃絵の思いがけない一面を見た。潑溂《はつらつ》とした姿からは、音楽が好き、歌うことが大好きという想いがあふれていた。だから一緒に歌うことが叶わなくても、音楽室に入ればいいのに。そう考えずにはいられない。

頭をかきかき、永人も回廊のほうへ足を向けた。あれもこれも、ままならねえなあ——考えごとをしていたせいか、向かいから足早にやってくる人影に気付かなかった。回廊に入ったとたん、その人物とぶつかってしまう。

「おわっ？　すみませ……あれ」

夏野だ。彼も驚いた表情で永人を見下ろす。

「あ、ひ、檜垣君……僕もあわてていて。すまない」

やけにそわそわとしている。顔色も悪い。永人は眉をひそめた。

「何かありました？」

「えっ？」

「いや……なんか、先輩らしくねえっていうか」

夏野がかすかに目を見開いた。「檜垣君」とうめくようにつぶやく。

「その、き、君には」

「はい？」

「……いや」

けれど、すぐに口を噤《つぐ》んだ。永人に背を向け、「じゃあ」とそそくさと歩き去る。まるで逃げるような態度。いつも鷹揚に、朗らかにしている夏野らしくない。なんだ？　永人の胸にざらりとした感触の不安が広がる。

同時に、昊を中傷する怪文書がよぎった。寒気がぞわっと背筋を這《は》い上がってくる。

――〝不吉な戯曲〟？

一体、何が起きている？　永人はその場に立ち尽くし、身震いした。


そして夜。

芝居の稽古を終えて自室へと戻った永人は、言葉を失った。

またも紙が床に落ちている。窓から射すほのかな月光を照り返す一葉は、にたりと笑う夜の裂け目にも見えた。

おそるおそる広げ、目を瞠《みは》る。

『告発セヨ。来碕昊ハ學園ニ相応シカラズ。

来碕病院ハ医療過誤ヲ隠蔽シテイル』

次の日の放課後、合唱の練習時間が近付くと、昊は黙々と道具を片付け始めた。慧もいつになく静かに片付けを手伝う。

朝も昼も放課後も、そして雨彦からもらった地図を参考に下描きに勤しんだためか、そろそろ全体像が完成しそうである。大判の紙を何枚も張り合わせた力作だ。けれど、昊の表情からは高揚感がまるで感じられない。そんな弟の横顔に、慧が語りかけた。

「すごい。これを見たら、きっとお父様とお祖父様も喜ぶよ」

また父親と祖父のことを持ち出す。しかし昊は何も言わず、静かに微笑むだけだった。

永人も昊の表情をそっと窺った。

例の怪文書のせいで、彼の一挙手一投足に注目してしまう。普段から表情豊かなほうではないが、必要以上に思い詰めて見える。

怪文書の内容は真実なのか。いや、何より目的はなんだ。告発しろだと？　俺に昊を？　芝居に、学園には相応しくないって？　ふざけるな！　正体不明の気味の悪さが、憤りと混じる。最悪の気分だった。

「……檜垣」

片付けを終えた昊が、ぽつりと口を開いた。

「なんだよ」

「あの——」

ところが、それきり口を開かない。やがて「なんでもない」とうめくと、楽譜を手に教室を出て行ってしまった。そんな昊の姿に、同じだ、と永人は思った。昨日の夏野と同じ態度だ。何か言いたげなのに言い出さない。やはり不安げな慧とともに、永人も昊を追って教室を出た。

音楽室に入ると、すでに大半の生徒が集まっていた。中原のピアノに合わせ、それぞれのパートが歌唱していく。それから三曲をひと通り全員で合唱すると、隅で黙々と指揮の練習をしていた永人を中原が振り向いた。

「じゃあ。檜垣君には今日から指揮をしてもらおうかな。みんなも声が出るようになってきたし。頼むよ檜垣君。全体を率いるのは君の仕事だ。まずは『ふるさと』から」

柔らかい口調ながら、なかなかに重圧をかけてくれる。永人は生徒らの視線を一身に集めつつ、半円を描く列の真ん前に立った。ふっと腹の底に力を入れる。

踊り。曲の喜怒哀楽、情緒を一緒に踊ればいい――

遠くにあるふるさと。思い描く光景。

両手を柔らかく上げた。教わった三角形の線を、流れるように辿《たど》る。郷愁を誘う旋律が奏でられる。

兎追いしかの山　小鮒釣りしかの川　夢は今も巡りて――

少年らの透き通る声が室内に満ちる。発声から練習してきただけのことはある。それぞれの旋律を紡ぐ彼らの声は、むず痒いような安堵するような、不思議な感興があった。そうか。みんな、いい声をしているんだな。改めて、永人は気付いた。

自然と、全身を使って音に乗っていた。腕、上半身だけでは足りない。唱歌にうねりが欲しい時は手を大きく広げ、肘を振り上げてその様を示した。声に伸びが欲しい時は天上へと誘うように手を上げる。すべての動作が、中原が見せてくれた手本だった。言わば振り付けだ。唱歌に合わせ、永人はその振りを〝舞った〟。その間も、自分の中で刻まれている拍子は決してぶれない。

永人の動きに乗せられたのか、生徒らの声がどんどん伸びやかに、そして潑溂としてくる。歌わずとも彼らの音楽と一緒に走っている感覚が永人にもある。山は青きふるさと水は清きふるさと――

三重唱の合唱が最後の旋律を響かせた後、ピアノの音も終わった。すべての音が消えても、室内には全員で奏でた音楽の余韻が漂っていた。

「……すごい。檜垣君、数日前とは別人みたい」

思わず、というふうに川名がつぶやいた。その声を皮切りに、全員が頷き合う。が、当の永人はまたもひっくり返りそうになっていた。集中しすぎて息切れしそうだ。

「拍子だけはずらしちゃならねえって思ってたから、つ、疲れた……音楽ってこんな疲れるもんか？……ああ、でも」

中原を見た。ピアノの前に座ったまま、ぽかんと永人を振り返っている。

「音楽っていいなって思いましたよ。みんなでこうして歌うのも悪くねえ。ね、先生」

大きく目を見開いた中原の目元が、かすかに赤らんだ。すぐにピアノに向かうと、「よおし、次の曲もいくよ」と張り切った声を上げる。再び生徒たちのほうに向き直った永人は、ふと窓の外を見た。

乃絵がまた端っこから覗いている。目が合うと、にっこり笑った。永人もかすかに唇の端を上げ、応える。ありがとな。声にならない感謝を、彼女に送った。

それから一時間ほど、合唱の練習はつつがなく終わった。永人の指揮はまだまだ粗削り、改善の余地は多々あるものの、先が見えない五里霧中の感覚はなくなっていた。そのことにひそかに安堵しながら、来碕兄弟とともに寄宿舎へと戻った。合唱の高揚に包まれたままの慧が、永人の腕に自分の腕を絡めてきた。

「永人君すごいっ。あんな振れるようになってたなんて。どうして？　どうして急に？」

「あー。多野にちょっと、やり方を助言してもらってよ」

「えっ。多野さん？」

慧が声を上げるのと、昊が振り向くのは同時だった。とたんに永人は呂律《ろれつ》が怪しくなる。

「え、あ、まあ、その……中庭で練習してたらよ、助言っつーかなんつーか」

「へーえ。そういえば、今日も窓から見てたよね。やっぱり気になるのかな」

そうつぶやいた慧が、上目遣いになった。

「ねえ。多野さんってさ。永人君のことが好きなのかな？」

「ハアッ？」甲高い声が飛び出た。威嚇するサルか？　という勢いだ。

「な、ななななな何言ってんだ、そんなわけねえだろ」

「え、そうお？　だって仲いいじゃない」

「そっそんなんじゃねえよ！　ただ、ほら、あいつのこと知ってんのは俺とお前らだけだろ。だから話しやすいだけで」

「えー？　だけど僕らと永人君に対する態度、ちょーっと違うもん。ねえ昊」

呼びかけられた昊は、少し離れた場所に立っていた。表情を消し、じっと兄と永人を見ている。なぜか、永人はヒヤリとした。

マズい。何かがマズい気がする。「昊」うめくような声音で、彼を呼んだ。

「そ、そうだ。ずっと相談したいことがあったんだけどよ。なんかヘンな紙が」

「慧」

ところが、昊は永人を無視して兄を呼んだ。「え？」慧が訊き返す。

「何？　昊」

「僕……『建国・五大王』、降板してもいい？」

永人は息を呑んだ。慧もさっと顔色を変える。役を降りる？

「ダメ！」すかさず慧が鋭く叫んだ。

「ぜ、絶対ダメ！　だってせっかく選ばれたんだよ、お、お父様もお祖父様も観に来るんだよ。二人に喜んでもらえるんだよっ？」

「……」

慧の口調がどんどん速くなる。ほとんど絶叫に近くなってきた。

「だから、だからそんなの……絶対ダメ！　許さない、降りるなんて許さない！」

「分かった」

すると、あっけないほど素直に昊が頷いた。慧が目を丸くする。そんな兄に背を向けると、昊は回廊を歩いて自室へと消えてしまった。

残された永人と慧は無言だった。呆《ほう》けた顔つきで閉ざされた扉をじっと見る。

いきなりどうした？　そしてすぐに気付く。

あの妙な怪文書と関係があるのか？

やがて、慧も今来た回廊を無言で引き返し始めた。「慧？」永人の声に、肩越しに振り返る。

「図書室行ってくる。まだジュンたちもいると思うから。じゃあね、永人君」

力なく笑うと、一人でとぼとぼと去っていく。二人が消えた回廊で、永人は為すすべなく立ち尽くした。学園祭に向けた騒がしさが、中庭を囲んだ丸い寄宿舎に反響している。その中で、自分の周囲だけが無音に感じられた。

とてつもなく大切なものが、手からすり抜けてしまったような。正体の分からない焦燥が、足元からひたひたと迫ってくる気がした。


夜の芝居の稽古に、慧は姿を現さなかった。だからというわけではないが、五大王役の生徒らの空気がどことなくぎこちない。表面上は普段通りなのだが、顔つきが硬い。自らの周囲に薄い膜を張り、防御している感じだ。奇妙な空気に、隅に控えている潤之助がちらちらとあたりを窺っている。たまに目が合うと、眉を困った八の字形にした。

それは永人と昊の間も同様だった。やはり無色透明の壁が二人の間にあり、うかつに声をかけられない。いつもであれば慧が間に立ってくれるのだが、今はいない。

息苦しい。なんだこれ。張り詰めた緊張感に辟易した永人は、ふと気付いた。……もしや。

ここにいる五人全員に、あの怪文書が送り付けられているのでは？

そう思い付いたとたん、目まぐるしく頭が回転を始めた。

だとしたら、そこには何が書かれている？　やはり旲を、そして旲の実家を中傷するような内容なのか。そしてそれは旲自身のところにも？

けれど、誰も何も言い出さないのはなぜだ。夏野なら慎重になるのは分かる。が、幹一あたりは嬉々として〝告発〟しそうではないか？　嘉藤も、少なくとも永人には何かしら接触してくる気がする。こうも情報が漏れ伝わらないというのも不自然だ。

その時、東堂と目が合った。あわてて視線をそらせるが、すでに遅い。しかも間の悪いことに、今夜は黒ノ井も稽古の見学に来ている。東堂が隣に座る黒ノ井に素早く耳打ちするや、彼の視線もこちらに流れてきたのが分かった。

この妙な空気に、あの二人が気付かないはずがない。きっとまた何か面倒なことを言い出すに決まっている。冗談じゃねえ。俺は忙しいんだ。絶対に関わらねえぞ。

が、そんな抵抗はあえなく封じられた。案の定、稽古が終わると同時に集会室を出ようとした永人の行く手に二人が立ちふさがった。

「檜垣君。ちょっといいかな」

「いや、ちっともよくねえです……い、忙しいんで」

その間にも、生徒らはぞろぞろと自室へと引き上げていく。昊もしかりだ。慧さえいれば、黙っていても付いてくるのに。一人、永人は東堂に腕を摑まれ、有無を言わさず中庭に引きずり出された。程なく、待機していた用務員の多野柳一《りゅういち》が室内を片付け、部屋の電灯を消した。中庭が暗がりに包まれると、ふうと東堂は息をついた。

「僕が言いたいことは分かるよね。何があった？　君たち五人」

「えっ？　いやあ……なんでしょうねえ。みんなお疲れなんじゃないですか」

ふうん？　と東堂が目をすがめる。月光を浴びた端整な顔は、化け物じみて見えなくもない。永人は一瞬、怪文書のことを告げようかと考えた。

しかし、ことは昊、そして慧にも関わる重大な内容だ。真偽がどうあれ、彼らが傷付くことには変わりない。来碕家、来碕病院の信用にも関わる。この学園では特にそうだ。

ここ千手學園は、複雑な利害関係、腹の探り合いや足の引っ張り合いがはびこる社会の縮図版なのだ。こんな話が出ること自体が、すでに致命的とも言える。

「……」

そのせいか。永人は思い当たった。

五人全員が口を噤んでいるのは、ここ千手學園において、自分の言動が周囲にどう影響するか。それを恐れているせいだ。ことの真偽、そして成り行きによっては、自分自身の名誉、実家の体面にも関わりかねない。「くそっ」知らず、永人はうめいた。

いつの間にか、自分もこの学園が張り巡らせている蜘蛛の糸に絡め取られている。簡単には口に出せない。身動きできない。こんな状態に、まさか自分自身がなるなんて――

「役を降りようなんて考えてないよね？」

唐突な言葉が耳を打った。「えっ」永人は顔を上げた。

色素の薄い東堂の瞳が、永人を真正面から捉える。

「君が思っているより、この五大王に選ばれるというのは重大なことだ。何しろ、ここ千手學園が将来有望だと大々的に認めたのだからね。それを示すために新聞にまで載せる。これはね、檜垣君。何も見栄を張るために発表しているのではないのだよ。こうすることで、目に見えない枷《かせ》を課すためだ」

「枷……」

「一度優秀だと位置づけられた人間は、二度と後戻りすることを許されないのさ。それはこの社会で、特権に浴する立場にある者の宿命だ。ここにいる生徒は全員家名を負っている。脱落することは、市井《しせい》の人々のそれに比べて、何倍もの重大な意味を持つ。だから檜垣君。役を降りようなんて考えてはいけないよ」

「……」

「僕を失望させないでくれたまえ。何しろ僕は、君に大いに期待している。この芝居も、君が出てくれるのであれば、今までにない展開になるのではないかと思っているよ」

ふと、永人の中にかすかな疑惑が兆した。

怪文書の差出人は東堂なのでは？　芝居に強烈な印象がほしいと言っていたではないか。こうして全員を惑わせることによって、何らかの興趣を引き出そうとしているのでは？

すると、言い募る東堂の背後で、はあ、と黒ノ井が大きく息をついた。

「あまり怖がらせんな、広哉。重いんだよ、お前はいちいち」

「失敬な。これは僕からの愛ある忠告だ」

「だったら素直に〝檜垣クンの『五の王』が観たいナァ、だから降板しないでネ〟って言えばいいだろ。お前の場合は相手が逃げ出す〝愛〟なんだよ」

「見解の相違だな。〝愛〟とは相手の先々を見据えての言動だ。軽率なことは言えない。というか、そのクネクネしたセリフは誰の真似だ？　まさか僕か？」

しかし、いつもの様子で相棒と言葉を交わす東堂を見ているうちに、そこまであくどいことをするか？　とも思えてきた。と同時に、こいつならやりかねないとも。結局、どっちつかずになり、永人は困惑を深める状況に陥ってしまう。

そんな永人を見た東堂が眉をひそめた。

「僕に言いたいことがありそうな顔だね。まさか本当に降板を考えているとか？」

「い、いや、役を降りようなんて考えてませんよ！　穂田に今さら代役に立ってもらおうなんて酷なこと……あ」

代役。

「そういや……去年は役を降りた生徒がいるんでしょう？　そしてその代役が」

東堂の言によれば、とにかく『五大王』に選ばれることは大変な重責なのだ。それを放棄、かつ退校。よほどのことがあったとしか思えない。

東堂と黒ノ井が顔を見合わせる。程なく、「そう」と東堂が頷いた。

「去年の『三の王』役……寺地《てらち》君だね。彼がちょっとした問題行動を起こしてね。結果、降板、そして退校してしまった。その代役というのが」

「そうだ。寺地の代役は蒼太郎だった」黒ノ井が顔をしかめ、腕を組んだ。

「でもあれは不可解だったな。なぜ寺地は広哉の部屋に無断で入ったりしたのか」

「理由は不明のままだって聞きましたけど」

「その通りだ。彼が僕の部屋に入った理由は今も分からない。ただ……今思うと——」

言いかけた言葉を呑み、東堂が黙った。見ると、闇に包まれた寄宿舎をじっと見つめている。過去の何かが、暗がりの中に隠されているかのようだ。が、その視線は続く黒ノ井の言葉ですぐに引き戻された。

「ああ。でもそういや、俺たちの時も妙なことがあったよな。覚えてるか広哉」

彼の言葉に、東堂が肩をすくめる。聞けば、黒ノ井も一昨年の五大王に選ばれていた。

「一昨年は何があったんですか」

「配られるはずの戯曲の写しが、代役の分も含めてすべて持ち去られたんだよ」

そこで仕方なく図書室に保管してある原本を探そうとしたが、こちらも行方不明だった。あわや中止となるところを、東堂の発案でもって教師と生徒、各々が記憶している戯曲の内容をすべて書き出させたという。そして東堂はそれら膨大な戯曲の断片を自らの記憶力を駆使して照合し、大半を再現させたというのだから驚きだ。毎年同じ戯曲、演じた生徒が学園に在校していたなど幸運な部分も多いが、失われた戯曲を記憶だけで書き起こそうなんて大胆極まる。

「結局、本番の数日前になって写しも原本ももとの場所に戻っていたんだけど……無事に上演できたからいいようなものの、あれもなんだったのか」

「こちらは中止だけは避けたかったから。必死だったよ」

新聞にまで伝統行事としてデカデカと載せるのだ。その芝居が中止となれば、学園の体面にも少なからず傷が付く。東堂らが必死になったのも頷ける。

しかし、こうも不審なことが続くのはなんなのか。首を傾げる永人を、東堂が覗き込んできた。

「降板しないというのなら安心した。君のことだから、あのピリピリした空気に耐えられず、辞めると言い出すのではと思ってね」

当たらずといえども遠からず。見透かされているようで、少し悔しい。

「とにかく、学園祭まであと五日だ。目玉の『建国・五大王』の上演を含め、なんとしても成功させたい。僕ら生徒会の手腕に関わる。それと」

永人の肩に東堂がぽんと手を置いた。耳元に唇を寄せてくる。

「行動は慎重に。それが君自身を……君の大切な人を守ることになる。忘れるな」

そう言うと、さっと離れた。黒ノ井とともに寄宿舎の暗がりの中へ消えていく。

慎重に。東堂の言葉が切実に迫った。その通りだ。あの不気味な怪文書。うかつに誰かに話したら、それこそ取り返しがつかない事態も起こり得る。

「……」

気付けば、夜の中庭に一人で突っ立っていた。しんとした静寂の中、集会室に現れなかった慧、無言で去ってしまった昊を思い浮かべた。永人はぐっと息を詰めた。

まさか、もう手遅れだったりしないよな？

慧。昊。

それから学園祭当日までの五日間は、まさに嵐のごとく過ぎ去った。

学年発表の地図の仕上げ、合唱練習に芝居の稽古。全校生徒による学園祭式の予行演習。学園祭式次第のガリ版印刷作成。それに加え、当日の校内巡回の割り振り、保護者や賓客らの誘導・接待係の割り振りなど細々とした雑用が山のようにある。乃絵も姿を見かけるたびに、忙しそうにぱたぱたと立ち働いていた。

おかげで、慧と昊、そして乃絵とあまり言葉が交わせずとも気が紛れた。やることは山積している。永人はひたすら目の前のことに集中するよう努めた。

そして幸いにも、例の不気味な一葉はあれきり届くことがなかった。忙しさに追われ、日が経つうちに怪文書のことも頭から消えかけていた。まずは学園祭を乗り切る。永人はただただそう念じ、多忙な日々を過ごした。

千手學園祭が始まる。

学園祭当日。千手學園は早朝から興奮とあわただしさに包まれていた。

朝食を食べ終えた後の集会室、校舎の一階の予備室が来訪者らの控え室になり、臨時に雇われた近所のおかみさんたちが茶菓の準備に走り回っている。教室や特別教室は、それぞれの学年や倶楽部の活動・研究発表で埋め尽くされ、非日常的な彩りであふれていた。

講堂は学園祭開会式の後、運動倶楽部が日ごろの練習の成果を見せる実演式が行われる。

特別合唱はその後、昼前だ。そして最後の最後、閉会式の前に『建国・五大王』は上演される。

永人は誘導係の当番で正門前に立っていた。守衛の三宅《みやけ》一人ではとてもこなしきれないからだ。一緒に組む予定の川名と比井野がまだ来ないので、ガリ版で作った校内見取り図を一人で来訪者らに配布していた。教室の位置や催し物の内容についての質問にも応対するため、なかなかに忙しい。早く二人が来ないかと周囲を見回した時だった。

一台の車が正門前に停まった。助手席から白い詰襟シャツに袴姿、丸眼鏡をかけた若い男が降りてくる。「あ」永人は目を瞠った。

亀井雄太郎《かめいゆうたろう》だ。浅草の『乙女座』に来碕兄弟とともに芝居を観に行った時、彼らに付き添った来碕家の書生だ。温和な人物で、慧も昊もよくなついていた。彼も永人に気付くと手を振ってきた。それから車の後部座席の扉を開ける。中から小柄な和装の老爺《ろうや》、続いてスーツ姿の壮年の男性が降りてきた。……まさか。永人の顔がひくつく。

慧と昊の祖父の栄一《えいいち》、そして父是助《これすけ》か。東京府随一の大病院、来碕病院の創設者と現院長だ。栄一を先頭にした一行が正門を潜る。思わずごくりと喉を鳴らしてしまう永人を、老爺がじろりとねめつけた。

「君は？」

しわがれた声音はやけに素っ気なく聞こえた。こういう医者に診察されたら、治るもんも治らねえのでは、などと永人は思ってしまう。

「あ、ひ、檜垣永人です。来碕君たちには、いつも」

「檜垣？」

名を聞いたとたん、老爺の白い眉がぴくりと震えた。どう見ても好意的な表情ではない。ひゅっと肝が冷える。

「ああ、君が！　息子たちがお世話になってます。亀井君からも檜垣君のことは聞いていましたよ」

一方の是助は対照的な笑顔を見せた。朗らかな表情にホッとさせられる。

「二人とも、夏休みの間はずっと君のことばかりを話していました。仲良くしてくれているようですね。ありがとう」

「甘やかしすぎだ。是助」

ところが、ねじ伏せんばかりの厳しい語気で、栄一が言葉を挟んだ。是助の眉尻が困ったように下がる。

「お義父《とう》さん」

「慧が一向に丈夫にならんのは、お前のせいでもあるぞ。それになんだあの成績は。あんな調子で医大に入学できるのか？　特別に家庭教師をつけるという話はどうなった」

「ですから、それは慧が昊と一緒でなければ絶対にいやだと……お義父さん」

すると、真剣な表情になった是助が義父に向き直った。永人は今さら去るわけにもいかず、図らずも来碕家の込み入った内情に立ち会う形になってしまう。

「お義父さん。何度も言っておりますが、昊を跡継ぎにすることを真剣に考えてはいただけませんか。あの子は健康ですし成績もいい。何より慧自身がそれを願っていて」

「ならん！　家業を長男が継ぐのは当たり前だ！　わしには子供が娘の慶子《けいこ》一人しかいなかった。やっと血の繋がった後継者ができるのだ！」

ん？　永人は耳をそばだてた。

一人娘。ということは、慧と昊の母親のことか。しかし名前は〝若菜《わかな》〟ではなかったか？　寄宿舎二階の部屋と同じ名前。

柔和な是助の表情が曇る。すでに諦めているのか、もう言葉を重ねようとはしなかった。

そんな婿を一瞥《いちべつ》し、栄一は言った。

「わしを失望させるな。是助。行くぞ」

そう言うと背を向け、さっさと歩き出す。歳を感じさせない、かくしゃくとした足取りだった。永人に向かって目礼した是助が義父に従う。

残った亀井が申し訳なさそうに笑った。

「ごめんね。驚いたでしょう」

「はあ……いつもああなんですか？　あ、そうだ。慧たちのお母さんって若菜って名前じやありませんでした？　俺はそう聞いていたんですけど」

「……ああ」

優しげな亀井の顔が暗くなる。小さくため息をつくと答えた。

「本名が若菜さんなんです。だけど……慧君と昊君を出産した後、大先生が有名な卜者《ぼくしゃ》に占わせて強引に改名させたと聞いています」

「改名」

「なんでも災いを祓《はら》う字画にしたとか」

「災い……」

まさか昊のことか。

「結局奥様は亡くなられたわけですが……大先生は改名後の名前をそのまま公式発表して、墓碑にも」

「……そんな」

そこまで厭《いと》うか。自分の孫を。頑固で偏狭。どうあっても昊を認めようとしない。

あの祖父の脅威にさらされていたら、兄弟の絆が独特のものになるのも領ける。二人はむしろ自分の心を守るために、互いをかばい合ってきたのではないか。

暗い空気を払うように、亀井が明るい声を上げた。

「二人が家でずっと檜垣君のことを話していたのは本当ですよ！　とても楽しそうだって

先生は喜んでいました。では」

そう言うと頭を下げ、栄一と是助を追う。

お父様とお祖父様が喜ぶよ。

来なければいいのに。

矛盾した慧の言葉が甦る。あのちぐはぐさは兄弟の痛みそのものだったのか。

この場にいない二人を思い浮かべた。昊は地図作成のリーダーとして教室に詰めており、慧も巡回チームに参加している。そんな彼らに向かって、今すぐにでも叫びたくなる。

俺がいるぞと。

＊

思えば遠し故郷の空
おおわが窓よ　楽しとも　たのもしや
水は清きふるさと
「はぁあ。バッカみたい」
知らず、慧はつぶやいた。今日歌う合唱曲の歌詞。
歌うのは嫌いじゃない。違う音程の旋律がきれいに重なると、とても気持ちがいい。昊や永人と一緒ならなおさら。だけど、教科書に載るような唱歌はお行儀がいいだけで、ちっとも面白くない。

しかも、どれもこれもやけに故郷だの実家だのを賛美する。バッカみたい。家なんか帰りたくないよ、どこかへ行きたいよって合唱曲があってもいいのに。

賓客を招いての開会式がつつがなく終了し、保護者や関係者らの来訪が始まってから一時間ほどが経過していた。現在、慧は二人一組で担当する校内巡回中なのだが、組んでいた四年生とはどこかではぐれてしまった。探すのも面倒になり、時間まで適当に周辺を歩くことにしたのだった。

校内は時を追うごとに人が増えており、さらに賑やかさが増していた。色とりどりの着物を着た女性、女中に手を引かれた小さい子供も大勢いて、いつになく活気がある。けれど慧は、それらの人々の活気から、自分一人だけが遠く隔たっていることを感じていた。

ふと、〝若菜〟と名の付いた寄宿舎の部屋を思い出す。

亡母の名前が、ずっと聞かされていた〝慶子〟ではなく若菜だと知ったのは、一年ほど前だった。たまにその名を耳にしたことはあるものの、知り合いか親戚かと思っていた。出産後、強引に改名させられたという事実、そしてその理由を聞かされた時の自分の気持ちを、どう言い表せばいいのか。慧は未だに分からない。

ただ、これだけははっきりと覚えている。昊が医者になるべきだ。そう、より強く思ったことを。

昊は間違いなんかじゃない。生まれて良かったんだ。胸の前でぎゅっと拳を握る。

僕にとって、確かなものは昊だけだ。彼が何を考え、何を望んでいるのか、僕には手に取るように分かる。だから僕は、昊の安寧をただひたすらに想って――

「……」

握った拳をゆるめる。胸の一点が疼《うず》く。

けれどこの頃、そう思えば思うほど、一つの疑問が大きくふくらむのだ。

では、僕は？

一年後、五年後、十年後。

僕は、どうなりたい……？

泣き声が響いた。はっと我に返る。見ると、左棟の廊下にちんまりとした老婆がうずくまり、傍らで男児が泣いていた。なんだろ？　慧は駆け寄り、老婆に声をかけた。

「どうしましたか？」

「あ、ああ、すみません。ちょっと、胸が」

男児が「ばあや、ばあや」と泣きじゃくる。慧は老婆の背中をさすった。

「落ち着いて鼻で息を吸って、ゆーっくり吐きましょ。今、安静にできる場所に案内しますね」

「シマさん？」

一人の和装の男性が驚いた顔で駆け寄ってきた。同じ家の使用人だという。慧は彼に「予備室に連れて行く」と老婆をおぶってもらい、続けて彼女に訊ねた。

「いつも飲んでいるお薬などはお持ちですか？」

老婆が頷く。慧はさっと周囲を見回し、やはり巡回中の下級生二人に声をかけた。

「ねえ君！　寄宿舎の厨房でお湯をもらってきて。熱々はダメだよ。温いのだよ！　で、君は校医さんを呼んできて！　僕たちは左棟の予備室にいるから」

下級生二人があわてたように頷き、それぞれ走り出す。

予備室の椅子に老婆を座らせ、帯を緩めさせた。いつの間にか手を繋いでいた男児が、涙に濡れた顔で慧を見上げてくる。

「し、死んじゃう？　ばあや、死んじゃう？」

必死の顔だ。不安な顔。気付くと、慧は男児の手をぎゅっと握り返していた。

「まさか。このくらいじゃ死なないよ。人間は案外図太いんだから」

「ほ、ホント？」

男児はまだ不安げだ。未知への恐怖。よく分かるよ。そう言いかけた慧は、男児を老婆のほうへ押しやった。

「手を握ってあげて？　僕もね、キュッと心臓が痛くなった時や苦しい時、いつも弟に手を握ってもらうの。そしたらすぐにラクになる。だから君も」

慧を見上げた男児が、おずおずと老婆に近付き、そのしわだらけの手を両手で包み込んだ。「坊ちゃま」つぶやいた老婆の口元が、かすかにゆるむ。

程なく校医が駆け付けてきた。下級生が持ってきたお湯で薬を飲ませると、人心地がついたのか顔色が良くなってきた。もう大丈夫だろう。慧は「では僕はこれで」と予備室を出ようとした。

「ありがとうございました」

そんな慧に、老婆と男性が声をかけてきた。振り向くと、男児までがぺこりと頭を下げている。なぜか急に気恥ずかしくなり、慧は予備室から飛び出た。「ありがとう」という言葉が、心身をそわそわと撫でる。

とたん、「医者になって」という昊の言葉が甦った。慧ははっと自分の胸を押さえた。

「……まさか」

思わず独り言《ご》ちた。無理に笑い、左棟の廊下の窓から外を眺める。相変わらず華やかな様子で人々が行き交い、木立の向こうには円柱形の寄宿舎の頭頂部が見えていた。

普段は閉ざされている学園に、生徒や教師以外の人が大勢行き交う光景は、何度見ても異様だった。愛読している探偵小説『夜光仮面』の最新刊に出てきたパラレルワールドを思わせる。自分たちが住む世界のすぐ隣に奇妙な穴があって、その穴を潜ると、外見はほとんど変わらないのに、少しずつ微妙に違っている世界があるのだ。義賊の夜光仮面、そして名探偵 暁《あかつき》と少年探偵トドロキ君は、この二つの世界を行き来して大冒険する。

ああ。僕も、違う世界へ行きたいな。

すると、木の陰から一人の人物が現れた。その姿に慧の目が惹かれる。男の人だ。家族連れが多い中、一人で歩いている。年のころは二十代後半。来碕家の書生、亀井より少し年上だろうか。そう思いながら見つめるうち、慧は男から目が離せなくなっていった。

背広姿にソフト帽という恰好の男は小柄だった。一見地味ながら、そこはかとない品の良さが端々にある。胸ポケットに入れているハンカチーフの青色が、彼の洒脱《しゃだつ》さを表しているように見えた。軽い身のこなし、けれどたまにちらりと周囲を見遣る目には鋭さもある。それでいて、うっすらと笑みの形を作っている表情はどこか稚気に満ちており、子供のような好奇心にあふれても見えた。

「……夜光仮面」

言葉が口をついて出る。男は愛読書の主人公、夜光仮面の世を忍ぶ仮の姿の描写そっくりだったのだ。やがて、彼が校舎の中に入ってくる。慧は廊下の角に駆け寄り、そこから玄関ホールを窺い見た。男は迷うことなく地下へと下りていく。図書室だ。慧もすかさず彼を追いかけた。

千手學園の図書室開放は、学園祭の目玉の一つでもあった。今も大勢の来訪者が行き来している。図書室係員の千手鍵郎《かぎろう》が来訪者に向かって解説をしている姿が見えた。いるのかいないのか分からない、まさに幽霊みたいな男ではあるが、さすがの彼も控え室にこもっているわけにはいかないらしい。慧は鍵郎らの前を過ぎ、男を追った。

男は森の木々のように立つ高い書架を、一つ一つ丁寧に見て回っているようだった。慧も迷路のような書架の間を、息を詰めて男を追った。やがて、男は壁に並んだ書架と部屋に並んだ書架の間の通路に跪《ひざまず》いた。絨毯《じゆうたん》をかき分けて側板の下部を覗き込む。やっぱり。陰から見つめる慧の胸が高鳴る。やっぱり、この人は只者じゃない。

偽・夜光仮面が出没した時、偽者を糾弾する投書が新聞に載った。その名も『真・夜光仮面』。

もしかしてこの人の正体は……！

「その書架、動くんだよ」

思わず口走っていた。絨毯を探っていた男の手がピタリと止まる。

「絨毯の下にレールがあるの。書架はレールの上に乗ってるんだ」

「レール……」

「だからまずは絨毯を剝がさなくちゃいけないの。そうすると動かせる」

「——僥倖《ぎようこう》だ」

男が立ち上がった。

「この図書室に仕掛けがあることは気付いていた。だからあの子に探ってもらったりもしたけれど……まさか今日、仕掛けを知っている生徒に会えるなんて」

そう言いながら、男がゆっくりと目線を上げる。息を呑む慧の目を真っ直ぐ見つめ、微笑んだ。

「僕らが出会ったのは運命だ。君に会えてよかった」

＊

「どうかしましたか？」

横から声をかけられた。ハッと永人は顔を上げる。

傍らに立つ比井野がじっと自分を見上げていた。

「先輩。どうしました？」

「え、え？」

「なんだか、とても寂しそうです」

寂しそうと言われてしまった。そんなに？　思わず自分の顔に触れる。

程なくやってきた比井野と川名とともに、引き続き誘導係に就いていた。来訪客の案内や応対は二人に任せておけばよかったので、永人は見取り図の配布に専念した。

客の波が一段落した時、比井野がそっとつぶやいた。

「先輩のご家族は？　いらっしゃるのですか」

この場合の家族とは、檜垣家のことであろう。

「さあ。なんも聞いてねえ……けど、来ないんじゃねえかな」

檜垣蒼太郎はここ千手學園で姿を消した。そう信じている義母の檜垣八重子《やえこ》や義姉の詩子《うたこ》、琴音《ことね》にとって、賑やかな日にこの場所を訪れるのは痛みを伴うことであろう。

ざわめきが遠ざかった気がした。つくづく罪深い場所だ。千手學園。

察したのか、比井野はそれ以上何も訊かなかった。正門前から人の姿が絶えると、敷地内のそこかしこで上がる歓声や笑い声、話し声がさざ波のように聞こえてくる。やがて、その音に紛れ、また比井野が口を開いた。

「僕、あの人に手紙を出したんです」

あの人。温室事件を思い出す。

「〝特別編成の合唱隊で歌います。聴きに来ませんか〟って」

「……それで合唱隊に参加したのかよ」

「でも、きっと来ません。返事もありません。分かってました」

弱く笑う。おい。お前こそ寂しそうだぞ。と言うわけにもいかず、永人は頭をかいた。

「まあ……なんつうか、楽しもうぜ比井野。合唱」

「……」

「俺、練習しているうちに結構楽しくなってきてよ。みんなで歌うの。誘ってくれた中原先生に感謝しねえとな」

「……僕もです」

「だろ？　もうすぐ合唱隊の出番だぜ。交代の生徒が来るはず」

昨日のうちに、中原と生徒らの手によって音楽室から講堂の壇上にピアノを運び込んでいた。講堂でも一度歌唱してみたのだが、声の響きがさすがに違う。全員の声が高い天井、奥行きのある講堂内に反響し、花吹雪をまき散らしたかのように華やかに、遠くまで伸びていく。人の声の力、音楽の力はすごい。そう思わせる一瞬だった。

とうとう本番だ。入り口を挟み、右手の門柱の前に立つ川名に向かって「先輩、そろそろ」と声をかけた。ところが、川名は永人の声に気付く様子もなく、どこか一点を凝視していた。なんだろう？　その視線の先を目で辿った時だった。

突然、川名が往来へと走り出た。「えっ！」永人もあわてて後を追った。車が行き交う道に川名が飛び出そうとする。永人は急いで彼の腕を背後から取った。

「危ねぇ！　どうしたんですか先輩」

「ひ、檜垣君、今、今あそこに」

振り向いた川名の顔色は真っ青だった。向かいの道を指す。

「あの建物の陰……い、いたんだよ。鳥飼《とりかい》君」

鳥飼。永人も息を呑んだ。

前寮長だったという鳥飼秀嗣《ひでつぐ》。父親が政治結社に入れ込み、テロに加担した罪で家が取り潰しになった生徒だ。退学後、今現在は父親と逃亡中の身だと聞く。

川名は在学中の鳥飼と懇意にしていた。彼を退学へと追いやった連中への復讐も兼ねて寮長になったのだ。が、逃亡中の鳥飼からの無心を、東堂の説得で思いとどまったという経緯がある。優しい性格の彼は、ずっと罪悪感を引きずっていたに違いない。

「ほ、本当に？　本当に鳥飼秀嗣だったんですか」

「放してくれ檜垣君！　僕は彼に謝らないと」

「いや、でも」

戸惑った。単なる見間違いの可能性は十分ある。それに、もし本当だとしても危険なのではないか。

「いいじゃないですか」

声が上がった。二人ではっと振り返る。

追いかけてきた比井野だった。川名を真っ直ぐ見つめ、口を開く。

「会いたい人がいるなら、会いに行くべきです。手の届くところにいるなら、なおさら。後悔するって、本当につらいですよ。川名先輩」

怖いくらい綺麗な顔で、大人びたことを言う。つい、ゆるめてしまった永人の手を振り払うと、川名が走り出した。

「先輩！」

「ごめん檜垣君！」

瞬く間に道を突っ切り、向かいの建物の陰に走り込む。そのまま姿を消してしまった。永人は呆然とした。

「か、川名先輩……」

「川名先輩、あんな激しい一面もあったんですね。意外です」

どこか呑気に比井野が首を傾げる。目を白黒させる永人を見上げ、小さく肩をすくめた。

「ごめんなさい。先輩」

「……」

「でも、羨ましくなっちゃって。だって会いたい人がそこにいるんでしょ」

「そりゃそうかもしれねえけどよぉ」

危険はないのか？　東堂に相談するか？　いや、警察なんか呼ばれたら、よけいに事態がこじれるんじゃないか。

「あれ」すると、比井野が声を上げた。細い腕に巻いている自分の腕時計を見る。

「ああ。いけない。合唱隊の集合時間、過ぎてます」

「合唱……あっ？」

顔を見合わせた。川名は低音パートの要ではないか！

焦って向かいの道を振り返る。けれど彼の姿はない。仕方ない。永人は比井野とともに、急いで学園へと引き返した。

講堂裏、壇上の袖と繋がっている通用口の前に行くと、すでに二十人ほどの生徒と中原がいた。永人の顔を見るや、中原は「よかった！」と叫んだ。

「じゃあ檜垣君、僕は中に入ってピアノを調整しているから。本番まで、ここでみんなと発声練習しておいて」

そう言うと通用口の引き戸を開けて中に入っていく。俺と比井野が最後か？　永人はぐるりと周囲を見回した。が、すぐに慧もいないことに気付いた。ほかの生徒たちから少し離れた場所に立つ昊に声をかける。

「昊、慧は」

けれど、昊は何も言わない。深刻な顔つきで講堂の壁をじっと睨んでいる。「昊？」永人は近付き、肩に手を置いた。とたん、昊が飛び上がった。

「ひ、檜垣……」

彼の大きい瞳が揺れている。色を失った顔の中で、ひと際黒々と見えていた。永人は眉をひそめた。

「昊……？　どうした。何かあったのか」

けれど昊は無言で首を振り、永人から離れようとした。彼の祖父の姿を思い出した永人は、とっさにその両腕を摑んだ。昊が目を丸くする。

「言えよ。気持ち悪ぃじゃねえか。そんな顔してよ」

「な、なんでもない」

「その顔でなんでもねえって言われて、はいそうですかと引き下がれるかよ。……昊。お前、言いたいことをちゃんと言葉にして言わねえだろ？　そのまんま溜め込んでたらよ、いつか腹が破裂するぜ？」

また昊の瞳が大きく揺らいだ。永人を見つめたまま、「檜垣」とうめく。

「ぼ、僕――」

「すみません！　遅れました！」

その時、講堂の陰から慧が足早に飛び出してきた。息が上がっている。よほどあわてていたのか。昊が永人からパッと離れた。

「け、慧！　走るなよ。具合が悪くなったらどうするんだ？」

「分かってるよぉ！　そ、それより永人君っ、あのね、あのね」

目を輝かせた慧が身を乗り出しかける。その様子には、いつもの彼らしさが戻っていた。が、すぐにはっと目を泳がせ、「なんでもない」と黙ってしまった。けれど不機嫌というわけではなく、どこかソワソワしている感じだ。なんだ？　永人だけでなく、昊も不審げに兄の顔を見た。その視線を振り切るように、「あれ？」と慧が周囲を見た。

「これで全員じゃないよね？　永人君、川名先輩がいないんじゃない？」

そうだ。川名のこともあった。しかも一番音程が安定していたのも川名だったというのに。このままでは、合唱全体が崩れることは想像に難くない。永人は途方に暮れてしまう。

通用口の引き戸が開いた。中から開会式で使った備品を抱えた乃絵が出てくる。

「檜垣く……どうかしましたか」

大勢の生徒の前なので、乃絵は即座に敬語に切り替えた。「中の進行は？」と訊くと、やけに折り目正しい姿勢で答えた。

「今、剣道倶楽部が実演中ですから……あと五分ほどで合唱隊の本番だと思います」

確かに、威勢のいいかけ声や竹刀《しない》のぶつかり合う音が中から聞こえてくる。

あと五分。川名は戻ってくるか？　彼が不在のまま始めるしかないか？

どうする。焦る永人の目に、乃絵の訝しげな表情が映った。いつも窓の外から練習を覗き見ていた——

「あっ」突然閃《ひらめ》いた。彼女の腕を摑んで端に寄り、こっそりささやく。

「た、多野、あの制服、まだ持ってるか？　この学園の」

「制服……それってタケ叔父さんのお古の制服のこと？　あるけど。何、どうしたの」

「低音パート、イケるよな。多野なら。ずっと練習聞いてたんだから」

「……えっ？」

永人の意図に気付いた乃絵が大声を出した。あわてて口を噤むと、永人にしか聞こえないひそひそ声で続けた。

「本気？　まさか私に合唱に出ろって？」

「頼む。川名先輩が色々アレやコレやで、戻ってこないかもしれねえんだ。せっかく練習したのによ……失敗したくねえ」

「無理だよ！　ば、バレるに決まってる」

「後ろに並べばいいから！」

「第一、着替えてくる時間がないでしょ？　もう五分もないんだよ？」

確かに。またも頭を抱えそうになった永人の背後で声が上がった。

「袖で歌ってもらうのは？」

昊だった。いつの間にかそばで話を聞いていたのだ。彼の傍らには慧もいる。

「袖……」

「そう。袖に隠れてなら、声は少し小さくなるかもしれないけど、十分助けになる」

「だ、だけどもし誰かが来たら」

「じゃあ多野さんが袖に入ったら、合唱の間だけこの通用口と、講堂の出入り口に心張り棒をかませれば？　内側から閉めちゃえばいいんだよ」

発言した慧を三人で見る。永人、昊、乃絵を見回した慧が笑った。

「そしたら邪魔は入らないでしょ。本番中に壇上を横切って袖に入る人はいないんだから」

「なるほど」永人は頷いた。

「昊、慧、それはいい考えだぜ。な？　多野。頼むよ。俺たちを助けると思って」

「うんうん。それに、これで多野さんも参加できるじゃない。やったね！」

能天気な慧の声が響く。が、乃絵は戸惑った顔つきのままだ。

すると、そんな彼女に向かい、昊が真剣な表情を向けた。

「もしもバレたら、僕たちが無理にお願いしましたって必ず謝る。絶対に多野さんに迷惑はかけない。だから……協力してください」

そう言うと頭を下げた。永人も、慧もそれに倣って頭を下げる。「ちょっと」乃絵があわてた声を上げた。

「やめてよ、みんなが見てるでしょ。分かった、分かったから」

彼女の言葉に、永人たちはそろって顔を上げた。乃絵は男三人の顔を順繰りに眺めると、むんと腕を組んだ。

「やるからには気合いを入れる。特別編成の合唱隊、絶対に成功させよう」

小さく頷く。

最初に中原、続いて永人以外の生徒全員が袖から壇上に出た。拍手が沸き起こる。袖の通用口の引き戸前に立つ永人は、講堂の出入り口の前に立つ乃絵をちらりと見た。彼女が小さく頷く。

時間ギリギリまで川名を待った。が、やはり姿を現さない。覚悟を決めた二人はそれぞれ戸の内側から心張り棒をかませた。それから永人はさっと身を翻し、壇上へと躍り出た。

拍手を送る聴衆らに一礼し、並ぶ生徒らを振り向く。が、彼らの顔は緊張のせいか一様に硬かった。おいおい。カチンコチンじゃねえか。そこで永人は足を軽く踏み鳴らし、肩を回して首をゴキゴキ鳴らしてみた。体操の準備運動のような動きに、生徒らが目を丸くする。すかさず、永人は彼らに向かってニッと笑ってみせた。

笑えよ。楽しもうぜ。

あっけに取られていた富貴の表情がかすかにほころんだ。同時に、永人は中原を見た。まずは跳ねるような二拍子の『故郷の空』から。永人の空を切るような上下の動きに合わせ、軽やかな旋律が流れ出す。

夕空晴れて秋風吹き　月影落ちて鈴虫鳴く――

少年らの初々しい歌声と、軽快な楽曲はぴったりだ。爽やかな風が講堂内に吹く。滑り出しは上々。

続いて『ふるさと』。低音パートの響きが、郷愁漂う主旋律を下支えしている。川名が抜けて明らかに弱くなったパートに、乃絵の確かな声が重なる。ほかの音に引きずられることなく、正確に、伸びやかに少年らの歌声に添う。すげえな。永人は素直に感心した。その揺るぎなさに鼓舞され、永人が盛り上げるように手を上方へ伸ばすと、つられた少年らの上体も大きく動いた。講堂に反響した声が、深みを増して折り重なる。集まった人々がじっと耳を傾けているのが、背中越しに感じられた。

『埴生の宿』は冒頭の主旋律を中音が歌い、その旋律に高音部が、そして低音部が次々声を重ねていく構成だった。音が徐々に厚みを増し、悠久の大河の流れを思わせる旋律へと押し出されていく様は感動的ですらある。前の二曲より曲調もゆるやかで、その分ごまかしがきかない。永人は冗長な隙間を作らぬよう、集中して全員の声を導いた。指先一本一本に、ほんのわずかな腕の動きにも神経を張り巡らせた。永人の真剣さに呑まれ、少年らはますます豊かに声を響かせる。反響する音の高揚もあるのか、練習の時よりも全身を使って声を出していた。

おおわが窓よ　楽しとも　たのもしや――

声の余韻、ピアノの音の余韻を、永人の大きく輪を描いた動きとともにしめる。消え去ってもなお、美しい旋律は講堂に残っていた。その余韻に浸っている客のほうを向き、永人は大きく頭を下げた。とたん、万雷の拍手が生徒たちを包んだ。やった。やはり頭を下げていた中原と顔を見合わせる。目が潤んでいた。振り返ると、達成感に満ちた顔がずらりと並んでいた。

鳴りやまない拍手を背に、永人が先頭に立って袖へと引っ込んだ。引き戸の心張り棒は両方とも外されており、乃絵の姿はすでになかった。続いて袖に戻ってきた慧が「いないね」とつぶやく。

「今日は多野さん、忙しいもんね」

「でも……一緒に歌えた」

隣に立つ昊が噛み締めるように言った。顔に柔らかさが戻っている。永人は内心、ひそかに安堵した。

それから、合唱隊の生徒らは各々の持ち場、もしくは自由行動のために学園へと戻った。永人はこれから三年生の教室当番、自由行動、そして午後一時から始まる『建国・五大王』である。昼食は時間がある時に集会室に行き、各自で済ませるようになっていた。

また、校舎右棟の一階、職員室の隣にある面談室は、『建国・五大王』に出演する生徒の控え室となっていた。この部屋には本番の三十分前、十二時半に集合するよう言い渡されていた。この時点で降板する生徒がいなければ、代役の生徒はお役御免となる。

永人は父と祖父と待ち合わせをしているという来碕兄弟と別れ、当番のために教室に戻った。三年生の教室は壁一面が貼り合わせた大判の紙で埋め尽くされており、土地の形状を極力忠実に再現して彩色した地図はなかなかの迫力だった。山々の起伏は茶や黄色で、森林は緑に塗られて鮮やかだ。海の青さもムラなくきれいに塗られている。それでいてただべったりと塗っただけではなく、ところどころに波頭の白色を散らしており、細部まで気を遣って描かれているのが分かる。確かに作成班全員で大まかに彩色したのは事実だが、細やかな部分を前日まで描き込んでいたのは昊だ。この完成度、そして彼の集中力にはほとほと感心してしまう。永人はふと思った。

あいつ、本当は医者よりも――

当番の生徒と交代した。来訪客が切れたところで、永人は人が入ってこないことを見計らい、教室の隅に歩み寄った。室内は机がすべて端に寄せられ、その一隅に生徒らの私物の山がごちゃごちゃと集めて置いてある。その中から自分の戯曲の写しを手に取った。セリフは頭に叩き込んではあるが、常にこうして持ち歩いていないと落ち着かないのだ。

簡易に綴じられている薄い冊子をぱらりと開いた。とたん、動けなくなってしまう。

中から、二つに折られた一葉がひらりと落ちてきた。漉《す》き込みが入った和紙。懐紙《かいし》だ。ほんのりと青みがかった上品な懐紙には覚えがあった。はっと息を呑む。

浅草の料亭『琥珀《こはく》』で特別に作らせている懐紙だ。三味線弾きである母の千佳《ちか》を特に贔屓《ひいき》にしている店である。その『琥珀』の懐紙がなぜ挟まれている？　永人はあわてて二つ折りにされている懐紙を開いた。そして目を瞠る。

紙面が赤く汚れている。血？　一瞬ぎょっとするが、すぐに赤インクと分かった。懐紙に挟まれていたものが、赤インクで染められていたのだ。紙面には乱暴な鉛筆書きでこうしたためられていた。

『来碕昊ヲ告発セヨ。モシクハ貴殿ガ降板セヨ。サモナクバ』

「……」

永人の手が震え出す。『琥珀』の懐紙に挟まれていたそれを摘まみ上げる。赤く染められた三味線の弦だった。

午後の十二時半。

『建国・五大王』出演生徒のための控え室には、五大王役の五人と代役の五人、慧、そして東堂と黒ノ井という面々がそろっていた。一同を見回した東堂が口を開く。

「さて。これから本番だ。改めて訊くが、降板したいという者はいないね？　これに異存がなければ、代役の五人には各自持ち場に戻ってもらうのだが」

潤之助を含めた代役の生徒が、緊張した面持ちになる。室内はシンと静まり返った。今日は外が騒がしいので、静寂がより身に迫って感じられる。無言の五人を見た東堂が潤之助たちを振り返った。

「君たちは戻って構わない。代役でありながら、セリフを覚え、稽古にも参加してくれたことを感謝する――」

「待ってくれ」

彼の言葉を遮った者がいた。

夏野だ。全員の視線が彼に向けられる。朗らかで、いつも莞爾《かんじ》と笑っている彼には珍しく、その顔色は暗い。

「すまないが……僕は降板する」

全員が息を呑んだ。彼の代役である四年生も真っ青になる。

「……自分も」

すると、夏野に続いて幹一も手を挙げた「な、なんで？」慧が素っ頓狂な声を上げた。

「夏野先輩だけでなく小菅先輩まで？　どうして？」

困惑の度合いをさらに高めるように、また一人の生徒が手を挙げた。

「自分も」

嘉藤だ。宣言するや、ふうと息をついた。永人をちらりと見て、小さく肩をすくめる。

「ど、ど、どうしたの先輩たち？　なぜ降板なんて」

叫びかけた慧がはっと弟を振り返った。「まさか」とうめく。

「昊？　まさか昊も降りるなんて言わないよね？　そんな」

強張った顔つきでうつむいていた昊が東堂を見た。はっきりと声を響かせる。

「僕も降ります。すみません」

「昊！」

甲高い慧の叫び声が室内を裂いた。

「そ、そんなの……絶対ダメだって言ったでしょ？　もうお祖父様とお父様、講堂にいらっしゃってるんだよ？　お二人とも楽しみにしてるのに、そんな」

「いいんだ」

「ダメ！　絶対ダメ！　昊の名前が新聞に載って、お父様あんなに喜んでいたじゃない！　お祖父様だって――」

「そんなことない！」

痛切な叫びが慧の声を遮った。自分まで裂かれそうな声音に、慧がグッと言葉を呑む。

「慧だって分かってるだろ？　僕が何をしたって、お祖父様は……喜んだりしない！　むしろ逆なんだ。あの人は、僕の失敗とか、失態を望んでいるんだ。そうすれば心置きなく憎める。僕は〝不吉な子供〟だから！」

慧の膝ががくりと折れた。驚いた昊、そして潤之助が彼に駆け寄る。が、自分を支えようとする手を振り払うと、慧は激しく頭を振った。

「そんなのダメだ、ダメだよ。僕が許さない。昊は僕と違う！　優秀で運動もできてみんなに優しい！　そして医者になるんだ。昊は完璧なんだよ。僕とは違う。だから降板なんて許さない！」

そう叫ぶとぼろぼろと涙をこぼした。「慧」うなった昊が、震える兄の肩を抱き寄せる。しばし、室内には慧の泣き声だけが響いた。眉をひそめている東堂と視線が合う。「君は？」と目で促された。

永人はふっと息をついた。一同を見回す。

「まったくもって面白くねえ事態だ。みんな、こうなったら腹割って話しましょうよ……五大王役全員に、降板しろって脅す怪文書が届いているんじゃねえですか？」

夏野、幹一が表情を変える。人前では無表情を貫いている嘉藤の目元もひくひくと動いた。昊が震える慧をより強く抱き締める。

「怪文書？」黒ノ井が顔をしかめた。

「て、ことは檜垣のところにも？」

「ええ。降板するか、自分以外の生徒を告発するかの二者択一なんですよ。しかもどちらも選ばなければ、本人に関わる者を傷付けると。胸糞悪い」

赤インクに染まった懐紙、そこにしたためられた怪文書、さらには三味線の弦を見せると、全員の表情が険しくなった。具体的なことは何も書かれていないが、怪文書が示唆していることはただ一つだ。

母の千佳に危害を加える。

冗談じゃねえ。永人の腹の底が、激しい憤りでぐらぐらと煮え立つ。

誰だか知らねえが、決して触れちゃならねえところに手を出しやがった！

「だけど軽率に言葉にすることによって、どんな影響が出るか知れたもんじゃない。だから誰も何も言い出せなかった。俺たちに与えられている選択肢は、降板する、他生徒の悪評を告発する、身近な人間に危害が及ぶ、の三択だ。こうなると、一番傷が浅いのは自分が降板することだ」

「それでみんな、今になっていっせいに降板すると」

眉間にしわを寄せた東堂が腕を組んだ。顎を白い指先でとんとんとつつく。

「なるほどね。この学園に集う生徒らは、何より名誉と家名を重んじる。そこに付け込まれたわけだ」

夏野が「実は」とうめいた。

「実は……稽古初日の翌日にも怪文書が来ていたんだ。昼休みに部屋に戻ったら、机の引き出しの中に押し込まれていて」

中庭で遭遇した時だ。あの時、彼はやけにソワソワとしていた。怪文書を見つけたばかりだったのだ。

「なぜか、その……嘉藤君の家を中傷するようなことが書いてあって」

名指しされた嘉藤を全員が見る。嘉藤が唇の端をかすかに上げ、ちらりと笑った。

「僕のところに来ていた文書には小菅君のことが」

青ざめた幹一がギリギリと歯ぎしりをする。

彼らが重い口を開いたところによると、夏野には嘉藤、嘉藤には幹一、幹一には夏野、昊には永人、永人には昊をそれぞれ告発する文書が届いていた。やはり最初は各々を名指しして『相応シカラズ』とあり、二通目で具体的な悪評、そして今日になって『降板か告発か』を迫る内容になっていた。怪文書を見つけた時間や場所には多少のズレがあるものの、永人とほぼ同じだった。

思わぬ展開に驚愕した慧が、涙に濡れた目を大きく見開かせた。

「ホント……？　ホントに昊のところにそんな怪文書が」

「……うん。稽古初日、部屋に戻ったら机の中に」

「なんで？　なんで言ってくれなかったの！」

詰め寄る慧の言葉に、昊が表情を硬くした。

「一通目の時は、檜垣のことが書いてあるって知ったら慧が大騒ぎすると思ったから。だけど……二通目の時はもっと言えなかった。あんな……檜垣のお母さんのことを」

吐き気がした。なんという悪意。

けれど昊は、いやここにいる全員、悪意に満ちた告発に一人で耐えていたのだ。そう思うと、永人は泣きたくなった。成り行きを見ていた黒ノ井がうなる。

「本人ではなく、ほかの生徒を中傷しているところが卑劣だな。自分のことであれば、後ろ暗いところさえなければ誰かに相談できる。だけど、ほかの生徒となるとそうはいかない。うかつに公言したら、相手にも自分にもどんな影響があるか」

その通りだ。聞けば、夏野家と嘉藤家は商売上繋がりがあり、繊維業にも進出している嘉藤家は、官製発注を目論み警察とは懇意にしたい側面がある。また、幹一の父親は夏野家の先代とも親交があるという。そして永人と昊は、互いを慮《おもんぱか》るあまりに言い出せなかった。こうして、怪文書は永人を含めた全員の口を見事に封じたのだ。

制服のポケットから折りたたまれた一葉を出した夏野が、硬い顔で東堂に差し出した。

「他言は無用で」

「もちろんだ。それに、ここで得た情報を不用意につまびらかにして、自分の首を絞めるような愚か者は千手學園にはいない。そうだね諸君？」

静かな声音で東堂が応じる。が、この場で聞いたことを一言でも漏らしたら、どんな制裁が待っているか。そう思わせるには十分な恫喝《どうかつ》だった。集う生徒の全員が縮み上がる。幹一ですら顔を引きつらせていた。

「これは……新聞記事？」

夏野の怪文書に挟まれていたのは、数か月前の新聞記事の切り抜きだった。活動写真の人気女優の自殺未遂に関する記事だ。

ため息をついた夏野がうめく。

「恥ずかしながら、その原因を作ったのは僕の兄なんだ。だが……兄はさる伯爵令嬢との結婚が決まっていてね。どうにか金を方々ばらまいて揉み消して、醜聞記事もこの三流新聞に一度載っただけで事なきを得たのだが。まさかここで、こんなものが」

「なるほど。嘉藤君を告発する、降板する、さもなくばこの醜聞をばらすぞと」

こんなものを送られたら、いっそ降板したほうがいいと思うのも無理はない。

続いて東堂に促された幹一が渋々明かしたところによると、彼のもとには政府高官周辺で起こった疑獄事件に関するものが挟み込まれていたという。父である現警視総監の小菅勉《まなぶ》が主導して、高官の部下に罪を擦《なす》り付けたという疑念が噂されている事件だった。しかもこの部下は、その後河川で溺れて亡くなっているのが発見されている。

「挟まれていたのは、死んだ部下の遺族からの、こ、告発状だった……」

「なんと。告発状の真偽はともかく、やり口が容赦ない」

怪文書のえげつなさに東堂ですら呆れた顔になる。

一方の嘉藤には、青山にある有名な脳病院の診断書が送り付けられていた。政治家や官僚を多数輩出、手堅い実業者としても名を成している子爵家ながら、麻薬に溺れている者が多くいて、中には人知れず殺傷を趣味としている者もいるとの噂を示唆するものだ。とはいえ、嘉藤の親族の名が明記された診断書の真偽は不明だ。

「じゃあ、昊には」

硬い顔つきで慧が昊を見る。「見せて」いつになく強い声音で手を突き出した。

「昊。その怪文書、見せて」

本気で怒っている。気迫に圧されたのか、昊は束の間ためらったものの、やがて制服のポケットの中から折りたたまれた一葉を取り出した。

こうなると、昊の怪文書に挟まれているのは、来碕病院の医療過誤に関する文書か？

永人も息を詰めて慧の手元を見た。

『檜垣永人ヲ告発セヨ。モシクハ貴殿ガ降板セヨ。サモナクバ』

文面は永人に届いたのと変わらない。が、中からひらりと落ちてきたのは、折り紙にも思える薄い紙が一枚きりだった。永人は息を呑んだ。

慧が常用している頓服薬の包みだ。くしゃくしゃに握り潰されているそれが、しわを伸ばされた状態で挟み込まれていたのだ。おそらく、慧が捨てた後にわざわざゴミ箱から拾ってしわを伸ばし、昊宛ての怪文書に挟んだ。

ただそれだけなのに、漂う害意は底知れなかった。これを見た時の昊の衝撃を思うと、永人の背中にぞっと冷たいものが走る。

「教室当番の時、置いておいた戯曲を見ようと思ったら……中にこれが挟んであった」

同じ状況だ。怪文書を持ち込んだ人物は、永人と昊の冊子にそれぞれ挟んでいったのだ。

「こんな」慧が声を震わせた。

「こんな……僕の昊を、永人君を……絶対許さない。この犯人、絶対に許さない……！」

低くうなった彼の手の中で、怪文書がカサカサと音を立てる。震える紙面が窓から射す陽光を反射した。

「――」

その時、永人の目に何かがよぎった。すかさず「ちょっといいか」と慧の手からその一葉を取った。

斜めに光を当て、透かし見てみる。目に映ったものが、永人の記憶に触れる。

あわてて、自分に送り付けられた怪文書を振り返った。そのままぴたりと止まる。

怪文書が挟んであった冊子。「昊」とっさに昊の名前を呼ぶ。

「お前の戯曲の写し、見せてくれ」

昊は戸惑った顔をしたものの、すぐに持ち込んでいた冊子を見せてくれた。その表紙を見た永人の頭の中で、一つの仮説が瞬時に組み上がっていく。

「……そういうことかよ」

うなった永人を見た東堂が首を傾げた。

「どうした？　何か気付いたのかな」

「……すみません。俺、ちょっと先輩を疑ってました。この怪文書、出したのは先輩なんじゃねえかって。だけど考えてみりゃあ、ひっかき回したって得るものは少ない。むしろこうして芝居がめちゃくちゃになって、先輩の経歴にまで傷が付きかねない」

東堂の眉が盛大にひそめられた。

「僕？　心外だなあ。こんな性格の悪いことをするように見える？」

「見える。檜垣が疑うのも無理はない」

横からしみじみとした口調で茶々を入れた黒ノ井を、東堂がじろりと睨む。が、すぐに永人のほうに向き直った。

「ということは？　犯人が分かったのかな」

「みんな、降板なんかする必要ねえですよ」

室内に集まる生徒らが息を呑んだ。幹一が真っ赤な顔で詰め寄る。

「こ、根拠は？　貴様、それで我らの名誉が傷付けられるような事態になったら」

「ならねえですね」

きっぱりと言い切った永人の言葉に、幹一だけでなく、ほかの面々も目を見開いた。

東堂に向き直った。真正面から生徒会長の顔を見る。彼の眉根が、ひくりと動いた。

「先輩。今日の芝居、ちょいと荒れるかもしれねえですが。それでも上演しますか？　それとも全員代役にしますか」

「……」

「俺ぁ今、ちょいとばかし虫の居所が悪い。この学園が一番重んじる名誉ってやつを慮れるほど、人間ができちゃいねえ。ただし、ここにいる四人の名誉は守ります。何があろうと。とはいえ、これはあくまでも俺の言い分だ。出るかどうかを決めるのは本人だ。無理強いはしねえ」

無言に緊張が重なる。静寂が痛いほど張り詰めた。徐々に高まり、破裂寸前にまで緊張が膨れ上がった瞬間。突如、一人の生徒が笑い出した。

嘉藤だ。ヒ、ヒッとひきつるように笑うと東堂を見る。

「前言撤回します。降板しません。芝居に出ます」

「嘉藤君」

「檜垣君がここまで言うのですから、何かあるのでしょう。僕、彼を信頼してるんで。いやあ、何があるのか楽しみですね。ワクワクしませんか？」

唐突にベラベラと喋り出した嘉藤の姿に、幹一が目を白黒させた。

「き、貴様そんな喋るヤツだったか？」

「小菅君は？　ここで出ないとなると、むしろ君のご尊父の言わば冤罪《えんざい》事件を――」

「ワーッ！　そ、そ、そんなものはデタラメだ！　で、で、出る！　僕も出る」

幹一がキッと東堂を睨む。

「自分はここにいる浅草のサルを信頼などしておりませんが。今の事態が気に食わないというのは同意です！　降板などしたら、この送り主の思うツボ！」

「ふうん」頷いた東堂が夏野を見た。

「夏野は。どうする？」

問われた夏野の表情が和らいだ。緊張を突き抜け、脱力したらしい。

「出る。うん。なんだか、ふつふつと腹が立ってきた。ずい分と甘く見られたものだよね。家名さえ盾に取れば、僕たちが動けないと思ったのだろうが」

「いいのか？　この怪文書を無視することで、君や君の家に傷が付かないとも限らない」

「汚名の一つや二つ、挽回できないほど夏野家は脆弱《ぜいじゃく》ではないよ。心配ご無用」

にっこり笑う夏野の姿には、いつもの頼もしさが戻っていた。「いいね」黒ノ井が肩をすくめる。

「面白くなってきた。今年の『建国・五大王』は学園史に残る名舞台になるかもな」

「汚点にならなければいいのだが」

相棒の楽観をため息とともに受け流した東堂は、残る昊を見た。

「君は？　来碕君」

東堂に呼びかけられた昊が、じっと生徒会長を見つめ返した。

「……僕はもともと、ずっと降板したかったんです」

慧が身を震わせる。そんな兄を昊が見た。

「慧は、僕がこの芝居に出れば、お祖父様もきっと名誉に思ってくれると言っていた。だけど、さっきも言ったろ？　逆なんだよ。あの人は僕が頑張れば頑張るほど、憎むんだ」

慧の唇が真一文字に引き結ばれる。昊の視線が、永人へと移った。

「結果は分かってる。どれだけ頑張っても、僕は認められない。それどころかますますボロボロになるだけだって。それがもう、ほとほといやだった……だけど」

そして永人のほうへ右手を伸べた。永人は思わずその手を取った。

「檜垣。お前は今日、この芝居をめちゃくちゃにしてくれるんだろ？」

「……」

「だったら出る。いい子になんかならなくていいなら……僕は出るよ」

言い切った昊の左手を、慧がぎゅっと握った。瓜二つの顔をした兄弟が見つめ合う。けれど、二人は明らかに変わってきていた。似ているのに、似ていない。まったく違う人間だ。

「分かった」

東堂が大きく頷いた。

「何が飛び出るのか、薄氷を踏む心境ではあるが。責任は僕が取る。檜垣君は、思う存分暴れてくれたまえ」

『自由とは他者を踏みつけにして得るにあらず！　開拓と侵略は紙一重なり！』
『内政の腐敗は底なし！　改革とは名ばかりの後進性！』
『民族的危機感を持たざるは、前時代的保守層なり！』
『公害に格差。人間性の剝奪という新たな悪魔を作り出した！』
『単一民族というのは視野狭窄に陥りやすい思考なり！』

形式的で無難だった終幕に、突如糾弾し合うセリフが入る。今までの芝居に慣れていた客や教師、生徒らの間に、ざわめきが走ったのが分かった。

散々、互いの国策の横暴を非難し、語られた来歴の欺瞞を罵り合った後、客席のほうへと向き直った夏野が高らかに宣言した。

『世界の〝覇者〟に相応しきは誰か、いざ、審判を仰がん！』

「待った」

威厳ある声音の余韻を、一つの声が破った。声の主、永人は前に進み出た。同時にほかの四人がさっと一歩引く。すべて五人で打ち合わせたことだ。

唐突な展開に、ざわめきがいっそう大きくなった。戸惑いに満ちた視線をすべて引き受け、永人はすうっと息を吸った。

「お集まりの皆さん、ちょいとお耳を拝借。本日はお日柄もよく、賑々しいご観劇ありがたき幸せ。学園関係者一同を代表いたしまして、厚く御礼申し上げます」

頭を下げた。観客が唖然《あぜん》としているのが伝わってくる。永人は彼らの前で上体を起こすと、再び口を開いた。

「さて皆さん。こんたびの芝居の成功に向け、あたしら一同、涙ぐましい練習を重ねてまいりました。それもひとえに、皆さまに楽しんでもらいたいがため。昼夜を厭わず粉骨砕身不惜身命一意専心、一丸となり励んでいたのでございます。

ですが皆さん。ここで思わぬ暗雲が。なんと五人全員に、ほかの大王役の生徒を中傷する怪文書が舞い込んだのでございます」

立て板に水、滔々《とうとう》と語る永人の語調に、見つめる客らの意識が集中する。講堂はしんと静まり返っていた。

「五人は仰天、心中は上を下への大騒ぎ。ですが皆さん。大王役のこの五人。誰一人としてその中傷を漏らさなかった。己の胸一つに秘め、この不審なる怪文書と相対していたのでございます。ところがその後、二度、三度と怪文書は舞い込んだ。その内容の卑劣さたるや。ほかの生徒の悪評を告発するか、この芝居を降板するか。二つに一つ。でなけりゃ身近な人間を傷付けるときたもんだ。エエイ憎き卑劣漢。姿を現しやがれ！」

ドン、と舞台を踏み鳴らした。永人の声とその音に、観客がぎょっと目を瞠る。

「そこであたしは考えた。どうあってもこの卑劣漢の正体を暴かなきゃならねえ。ですがどうにも掴めない。何しろ目的がてんで不明だ。五大王役の生徒の失墜？　仲違《なかたが》い？　それとも芝居の失敗？　情けねえことに、全員が疑心暗鬼の五里霧中。弱気猜疑《さいぎ》に足を取られて、これがホントの七転八倒。アーレー神様仏様、憐れな我らをお救いくださいませエ」

芝居がかった永人の声色に、前列に並んで座る婦人連中がクスリと笑った。舞台袖に立つ東堂と黒ノ井の姿が目の端に映った。どんな表情をしているかは、神のみぞ知る。

「――で。俺ぁ、気付いちまったんですよ」

一転、低くなった声音に客らがはっと息を呑む。瞬時に講堂内に緊張が張り詰めた。

「一人の生徒に送られてきた怪文書。その紙には妙な跡が付いていた。あれは上に置かれた紙に描かれたものが、跡になって写ったものだ。では何が描かれていたのか？　画面全体を割る縦横の線が何本も引かれ、いくつかのグニャグニャした形が描かれていた。あの形。ありゃあ……地図だ」

地図。背後に立つ昊がひそかに息を呑んだのが分かった。

「つまり、怪文書はその地図を描いた紙の下に重ねられていた紙が使われたんだ。そして俺はその地図に、覚えがあった。しかもその紙は、とある教師以外に使う人がいない。だから怪文書を作った犯人が分かった」

講堂が静まり返る。その地図を描き、さらには怪文書を作った本人も壁際に立っている。永人はそちらを見ないようにした。やるせなさと憤りが、腹の底でふつふつと煮えたぎる。

「もう一つ。教室にあった俺と昊の戯曲の冊子。中には二人に宛てた怪文書がそれぞれ入っていた。俺には俺宛て、昊には昊宛ての怪文書。何言ってやがる、そんなの当たり前だって思うだろ？　だけどこれがおかしいんだ。何しろ、俺の冊子の表紙には『来碕』って名前が書いてあるんだから」

東堂らと並んで袖に立つ慧が、「あ」とつぶやいた。

「俺が昊の写しの冊子を汚しちまってね。だから二人の冊子を交換したんだ。さっき確認したら、昊は俺が渡した冊子には名前を書いていなかった。ただでさえ、俺は表紙を汚した冊子を見せるのがいやで、人前には出さないようにしていた。てぇことは、普通であれば『来碕』と書かれているほうが昊の冊子、無印のものが俺の冊子と思うはず。だけど怪文書を挟んだ犯人は、違えることなくそれぞれの冊子に怪文書を挟んだ。つまり、知っていたんだ。俺と昊が互いの冊子を取り換えて持っていたことを。俺たちと慧以外に、この事実を知る人間は一人しかいねえ。交換していたところをたまたま見ていたある教師だ」

その人物も講堂の壁際に立っている。自分を指摘したのだと分かったはず。

「とはいえこの二人が、テメエの意思でもってこんな真似をしたとは思えねえ。聞けば、毎年この芝居に出る生徒の周囲では妙なことが起きるという。去年は退校する生徒まで出ちまった。だが、こうして大王役の生徒らを散々惑わせ、たとえ生徒が脱落しても、芝居は必ず上演される。代役を毎年置いているのはそのためだ。何しろ、上演しないことは〝名誉〟に傷が付くことだから。生徒を追い込み、かつ芝居は必ず上演させる。犯人は」

手を真っ直ぐ前に突き出した。真正面を指さす。

「テメエだよ。――〝千手學園〟」

講堂がしんと静まり返る。息を詰めている気配が、緊張とともに膨れ上がりそうになる。

「学園側が大王役の生徒を追い詰めていたんだ。理由は分からねえよ。なぜこんな、生徒を脅し、追い込むような真似をするのか。だがよ」

四人の追い詰められた顔を思い出す。泣いていた慧。押さえ込んでいた憤りが、腹の底で一気に爆《は》ぜた。

「生徒を試すような真似をするんじゃねえよ！　ここは学校だろうが！　生徒は全員、あんたら教師を……大人を信頼してここにいるんじゃねえのか？　これがテメエらの考える教え導くってぇことか？　ハッ！　的屋《てきや》の兄ちゃんの口上のほうがよっぽどためになら！　いいか、勘違いするんじゃねえよ。俺たちは学園のためにいるんじゃねえ。学園が俺たちのためにあるんだ！」

一気に吐き出した。永人の気迫に呑まれた講堂内は依然静まり返り、しわぶきの音一つも聞こえない。

すると、袖に控えていた東堂が壇上に現れた。永人の前に立ち、堂々とした声を響かせる。

「本年度の『建国・五大王』、ご観劇誠にありがとうございました。それでは皆さん！　どうぞ正しきご判断を！　『世界の〝覇者〟に相応しきは誰か、いざ、審判を仰がん！』」

さっと右手を上げ、夏野のセリフをもう一度繰り返す。とたん、引き割り幕がするすると閉じ始めた。黒ノ井だ。人々の顔が見える幕の隙間が徐々に狭まる。それに伴い、困惑に満ちたざわめきが、波紋のように講堂内に広まっていった。幕が閉じると同時に、嘉藤が「ブハッ」と吹き出した。上体を折り、腹を震わせて笑い出す。

「あ、あんな毒舌初めて聞いた……的屋の兄ちゃん？　クク、ククク」

「そ、そうだ貴様！　恥ずかしいではないか！　あんな愚にもつかぬことをペラペラと」

顔を赤くした幹一が口を尖らせる。隣に立つ夏野が、しみじみと首を振った。

「だけど僕は感じ入ったよ。僕たちは学園のためにいるのではない。学園が僕たちのためにある……いつしか、この学園にいることですべてが安泰だと思っていた気がする。主体性を忘れていたことを指摘されたと思ったな」

「難しいことは分からないけど、永人君カッコよかった！」

慧が飛び付いてくる。袖から出てきた黒ノ井も輪に加わり、集まった面々は互いの顔を見合わせた。とんだ芝居の終幕となったわけだが、奇妙な満足感が全員の顔に浮かんでいた。東堂がニッと笑った。

「予想通りだ。例年にない芝居ができた。感想は？　檜垣君」

「まあ俺が〝覇者〟になることは金輪際《こんりんざい》ないでしょうね」

ふと見ると、昊だけが複雑な表情で永人を見ていた。本当に？　とその顔は訴えていた。

あの怪文書を作ったのは本当に雨彦なのか？

けれど、昊はとうとうその言葉を口に出さなかった。

永人も何も言えなかった。

千手學園祭。永人の中に残ったものは、一抹の達成感と、苦い後味だった。

「永人さん」

袖の通用口から外に出た永人を呼び止める声があった。振り返り、その場でのけ反りそうになる。

檜垣詩子が立っている。背後には檜垣家専属の運転手、手島《てじま》もいる。仰天した永人の顔を見て、義姉はほんのりとはにかんだ。

「ごめんなさい。驚かせてしまったかしら」

「い、いいえっ、あ、でも、まさかいらっしゃっているとは」

とたんに冷や汗が噴き出してくる。

先ほどの舞台、無法、無遠慮、無作法もいいところだ。永人の言動に呆れた連中、憤慨した連中も多かったであろうし、これは取りも直さず檜垣家そのものの評判になる。

後悔はしていない。けれど、この義姉が誹《そし》られてしまうのは申し訳ない。

うろたえる永人を見て、詩子は柔らかく笑んだ。

「新聞で永人さんが伝統のお芝居に出るという記事を読んだものですから。でも……母と琴音には千手學園祭に行くとは言えませんでした。今日は銀座に行くと言ってありますの」

それで付き添っているのが女中頭の伊山《いやま》ではなく手島なのか。すると、突然詩子が着物の袂で顔を覆い、肩を震わせ始めた。泣かれたかとぎょっとしたが、すぐに笑っているのだと気付く。

「もう、永人さんったら……本当に目が離せない方ですわ。次は何をするのだろう？　って。でもおかしいですわね。ハラハラするのに、どこかワクワクもいたしますの」

言うことが嘉藤みたいになっている。永人は頭をかいた。

「いや、お見苦しいところを」

「いいえ。そりゃあ驚きましたけれど。ですが、学園生活が楽しいのだと分かって、嬉しくも思いました」

「え？」

「でなければ、あんなに怒ることはないでしょう？」

思わぬ義姉の言葉に、永人は目を見開いた。……そうか。俺はここの生活を楽しいと思っているのか。だからあんなにも、腹が立ったのか――

「だけど、その、檜垣の家に泥を塗っちまったかも」

しどろもどろの永人の言葉を聞いた詩子が「あら」と首を傾げた。

「あれしきのこと。ビクともいたしませんわ。お父様が知ったら、むしろ笑い飛ばすことでしょう」

それから小さく頭を下げた。

「本日はこれでお暇《いとま》いたします。楽しい時間をありがとうございました。また檜垣の家にもお帰りくださいね。どうぞくれぐれも、お身体には気を付けて」

きびすを返し、手島とともに去っていく。華奢な背中を見送りながら、永人は感心してしまった。

か弱いように見えて、案外肝が太い。あれが家名を負った子女というものなのか。

「あ、いたいた、永人くぅん。五大王役がいなくなっちゃダメでしょ」

消えた義姉と入れ替わるように、通用口から慧が飛び出してきた。

「もうすぐ今年の〝覇者〟の発表だよ？　それとね、川名先輩が探してたよ」

「あっ！　も、戻ってきたのか？」

「うん。永人君に謝らないとって言ってた」

鳥飼とは会えたのか？　講堂を振り返った時、「うーん」と慧が伸びをした。

「楽しかったね！　なんだか色々あったけど……今までで一番楽しかった！」

そう言うと笑顔を見せた。ここ数日見せていた硬い顔つきは消えている。永人は内心ホッとした。

「そうだな。疲れたけど。終わってみれば悪くなかった」

「ねえ永人君」

前方を見つめる慧の声が、二人の間を抜けた風に吹きさらわれていく。

「昊は、僕がいないほうが——」

「え？」

けれど、訊き返す前に、慧は再び通用口のほうへと駆け寄った。くるりと振り向き、「早く戻って！」と叫んで中に消えていく。永人は慧を吸い込んだ引き戸をじっと見つめた。

束の間覚えた安堵が、また不安へと取って代わる。

なんだ？　今、何を言いかけた？　慧！

興奮醒めやらぬ千手學園祭の余韻が空気に伝播し、木々を、空を震わせている。その熱を遠くに感じながら、永人は立ち尽くした。

第二話「樂園崩壊」

夜の校舎はより濃い闇をはらむ。昼間は少年らの賑かな声に包まれている分、静寂はことのほか深い。教室の机も、廊下の角も、見かけは何一つ変わらないのに、どこか見知らぬ場所のように目に映る。

多野柳一は一度目の夜間見回りのため、校舎内を巡回していた。時刻は午前零時半。寄宿舎の消灯は夜の十一時なので、一時間半ほどが経っている。

住み込みで勤め始めて約一年、千手學園は非常に働きやすい職場だ。仕事はひっきりなし、多忙だが給金は高く安定している。寝食する場所があるのもありがたい。この夜間見回りも不審人物になど出くわしたこともなく、単なる習慣と化しているだけだ。

火を灯したランタンを片手に、ふっと多野は息をついた。

もっとも、不審人物というのであれば――

足が止まった。二階の左棟に来ていた。夜陰に沈む教室の引き戸がずらりと並んでいる。が、多野の注意は廊下や教室ではなく、窓の外に引かれた。

左棟の一階校舎のそばに、少年が一人立っている。こんな時間に？　多野は息を詰めて佇《たたず》む少年を見下ろした。

月光が少年の輪郭を真上から照らし出している。ほのかに浮かぶ顔つきは思い詰めたように見える。あの子は。多野は目を見開いた。

生徒全員の顔と名前、部屋番号はすべて覚えている。が、その中でも、あの少年は特に記憶に残る生徒だった。何しろ、娘の乃絵が親しくしているのだから。

双子の来碕兄弟。その一人が、深夜の校舎の陰に佇んでいた。

＊

「この方程式を解くにあたり、まずはカッコ内の数式から展開することを念頭に……来碕ィ！」

数学教師、海田《うみた》虎八《とらはち》の一声が轟く。昼食後、うらうらと誘われる眠気に包まれていた教室内に、突如雷が鳴り響いた。永人らはぎょっと飛び上がった。

「そのような明後日《あさって》の方向を向いての授業態度、無礼千万！　ここへ直れ！」

彼の言う「ここへ直れ」とは、「前に出て問題を解け」という意味だ。昊がおずおずと口を開いた。

「海田先生。来碕とは、どちらの」

「はーい、すみませんでした！　解きまぁす」

が、すぐに慧が立ち上がり、黒板の前へ歩み寄った。チョークを手に取り、しばし黒板を見上げていたが――

「すみません。分かりません」

そう言うとぺこりと頭を下げた。むむむ、と海田が柔道家と見まごう太い腕を胸の前で組む。

「ならばなおさら、身を入れて授業を聞かんか！　光陰！　矢の如し！　ぼーいず！　びぃ！　あんびしゃす！」

声がでかい。すっかり目が覚めた永人は、そそくさと席に戻る慧を見た。その視線が、やはり兄の姿を追う昊とぶつかる。彼もまた訝しげな顔つきだった。

もともと慧という少年は何をするにも気まぐれで、永人や昊の周りで騒いでは満足しているようなところがあった。それが少し前から歯車が微妙にずれていくような、奇妙な言動が見られるようになった。その傾向が、ここ最近とみに顕著になっている。ずっと心ここにあらずといった感じなのだ。今も窓の外をボケッと見ていたらしい。

「……」

永人は改めて思い返した。やはりあの日、慧の身に何かあったのだろうか？

あの日。千手學園祭の日。

大波乱の『建国・五大王』の終幕を以て終了した千手學園祭から一週間が経とうとして

いた。学園内は、あくまで表面上は今までと変わりなく穏やかだ。『建国・五大王』の役に選ばれた生徒たちを、あれやこれやの手で翻弄していたのは学園側である。そんな永人の告発を、表立って取り上げる教師も生徒もいない。

とはいうものの、千手學園側が……正確に言えば千手一族の教師らがあのような策を弄していたという事実は、生徒たちの意識にしっかりと刻み込まれたはずである。意図が不明なため、全員が静観しているという感じだ。普段は安穏《あんのん》と、太平楽な気分で学園生活を送っていた彼らも、この学園が現政権の中枢に近く、極めて政治的な場所であることを改めて認識したのかもしれない。

しかし、慧の変化はそのせいだけとは思えなかった。口数が減り、一人で行動するようになった。そんな彼の姿には、学園祭の日に何かあったとしか思えないのだ。

永人と目を合わせた昊が、ふいと視線をそらせた。その表情には暗い影が漂っている。兄のことだけではない。もう一つ、大きな憂いが彼の心を惑わせているせいだ。

怪文書を作ったのは雨彦だ。永人が壇上で示唆した時、その真意に気付いたのは昊だけであろう。あまり感情を表に出さない昊が、唯一慕う美術教師。彼の衝撃は察するに余りある。永人は自然と奥歯を噛み締めていた。

雨彦が進んでやったとは思えないものの、千手一族の一員として加担したであろうことは分かる。なぜ？　なぜ、毎年生徒らを追い詰めるような真似をする？

程なく授業が終わり、各々が帰り支度を始める。教科書を詰めた風呂敷包みを手に立った永人は、慧の姿がすでにないことに気付いた。残っている昊に声をかける。

「慧は？」

訊かれた昊は「図書室」と硬い顔つきで答えた。

「そうか。最近、よく一人で行ってるな」

「そうだね」

「……行ってみるか？」

「え？」

「俺らも。図書室」

地下にあるご立派な図書室を使うのは、せいぜい授業の課題が出た時くらいだ。特に本好きでもない永人からすれば、とんと縁のない場所である。

昊の表情がかすかに和らいだ。

「檜垣が行って何をするんだ？」

「ハア？　そりゃあお前……ほ、本を読むんだよ」

「慧から借りた『夜光仮面』だって一章も読み終わっていないくせに」

そう言いながらも、声音に軽さが戻っている。風呂敷包みを胸に抱えると、「いいよ、行こう」と立ち上がった。二人は並んで教室を出た。

廊下を歩いていると、すれ違う生徒の視線がことごとく永人を追ってきた。すれ違った後までも、背中にまとわり付いてくる。永人はうんざりした。もともと紛れ込んだ浅草の野生ザル扱いではあったが、学園祭での奇行はその傾向に拍車をかけたようだ。

居心地悪そうに顔をしかめる永人を見た昊が、ぶっと笑った。

「檜垣。君は米国から送り込まれた間諜《かんちょう》なんじゃないかって噂もあるらしいぞ」

「かんっ……冗談じゃねえ。米国の間諜が檜垣の名を騙《かた》るなんざ支離滅裂だろうが」

「千手學園を内部から混乱させる任務なんだってさ」

ふざけんな、と口を尖らせつつ、中国に渡ったと思しい義兄の蒼太郎を思い浮かべた。今歩いているこの道の向こうが、途方もなく広く複雑な世界と繫がっているのだと改めて思わされる。そのたびに、背筋が冷たくなるような、胸のどこかが熱く高揚するような、相反した感情が足元から迫ってくるのだった。

「来年からは上演しないかもしれないね。『建国・五大王』」

ぽつりと昊がつぶやいた。そうだな、と永人も答え、二人で左棟の階段を二階から一階へと下りる。

結局、今年は〝覇者〟が選出されることはなかった。不測の事態ゆえ公平を欠くというもっともらしい理由を付けてはいたが、必要以上の思惑と混乱が広がることを懸念したために違いない。ちなみに、あの舞台を観た昊の父と祖父がどんな反応を示したのか、永人はまだ聞いていない。

不測の事態と言えば。永人は川名を思い出した。

川名は周辺を走り回って鳥飼を探したものの、結局は見つけることができなかったという。戻ってきた時にはすっかり意気消沈しており、「すまない」と繰り返すだけだった。

「勝手な行動を取って……合唱の舞台に穴を開けてしまった。本当にすまない」

乃絵の協力もあって、どうにかボロを出さずに済んだ、とも言えない。かといって気落ちしている川名にかける言葉もなく、永人も「どうにかなりましたよ」と答えるしかなかった。中原やほかの生徒らには、急な腹痛だったと偽って謝罪したらしい。比井野も事の経緯を誰にも漏らさず、胸に納めてくれていた。

それにしても。永人はひそかに思案する。

本当に見間違いだったのだろうか。もしもそうではなく、過激な政治結社と関わりのある鳥飼父子が戻ってきているのだとしたら？

玄関ホールに出た二人の足がぴたりと止まった。雨彦、そして乃絵が立っている。

「じゃあ明日の昼前かな。資材が届くから。すまないが美術室に運んでもらえるかな」

雨彦に言われた乃絵が「分かりました」と頷いた。その視線が永人たちのほうへ流れてくる。彼女の視線を辿り、やはりこちらを見た雨彦の目がかすかに細められた。

顔を伏せた昊が地下へと続く階段をさっと駆け下りた。「昊」と呼びかける暇もない。

すると、遠ざかる彼に向かい、乃絵が叫んだ。

「来碕く……来碕さん！」

　それから雨彦に一礼すると、彼女も走って階段を駆け下りていってしまう。残された永人と雨彦は、しばし無言で対峙《たいじ》した。

「……」

　何か言えよ。永人は腹の中でうめいた。なんでもいい。何か言ってくれよ。

　しかし雨彦はやはり無言のままだ。ただじっと永人を見つめている。とうとう永人は顔をそらせ、彼に背を向けた。このままでは、幼い子供みたいに喚き散らしてしまいそうだ。

　そのまま地階へと階段を駆け下りた。

　雨彦の視線が、ずっと自分の背中を追っている気がした。


　地階に行くと、開かれた図書室の扉の脇に二人が立っていた。乃絵は昊の腕をがっしりと摑んでいる。永人が駆け寄ると、すぐに顔を赤くしてパッと手を放した。その手を見た昊が目を見開く。

「多野さん。手、どうしたの」

「え？……ああ、これ？」

見ると、左手の親指の付け根あたりが赤く染まっている。

「さっき庭掃除していたら、尖った木の枝で引っかけちゃって」

すると、昊が制服のポケットに手を突っ込み、藍色のハンケチを取り出した。乃絵の手に押し付ける。

「これ。血が出てる」

「えっ？　こんなきれいなハンケチ使えない。それより来碕君の制服には付いてない？」

「僕は大丈夫」

昊は返そうとする乃絵からハンケチを受け取ろうとしない。とうとう乃絵はためらいつつも、ハンケチを傷口に当てた。

「……ありがとう。ちゃんと洗って返します」

「別に、い、いいよ」

「呼び止めてごめんなさい。あのね。実は確かめたいことがあるの」

「え？」

「……数日前の夜」

乃絵がじっと昊を見つめる。賢《さか》しさが宿る黒い瞳が、戸惑う昊を真っ直ぐ映した。時を追うごとに、昊の表情は困惑を深めていく。「何？」と訊き返す声音も不安げだった。

そんな昊の顔を見ていた乃絵が、やがてかすかに笑んだ。

「やっぱり来碕君じゃないね。あれはお兄ちゃんだったんだ」

「お兄……慧？」

昊の顔色が変わる。

周囲を見回した乃絵はさらに声をひそめた。

「実は父さんが……数日前の深夜、見たっていうの。お兄ちゃんが校舎の周囲をウロウロしていたって」

昊、そして永人も息を呑んだ。

「深夜？　ひ、一人で？」

「うん。消灯後、父さんは深夜も定期的に巡回するから。その時に」

「ほ、本当に？　本当に慧だった？」

「父さんは来碕君たちのどっちか分からなかったみたいだけど。でも、私はその話を聞いて、すぐにお兄ちゃんじゃないかなって思った。そんな変わったことをするのは、お兄ちゃんのほうでしょ」

正確には三日前の夜、左棟の付近に慧が立っていたという。多野柳一は二階の窓から彼の姿を見たのだが、一階に下りた時にはもういなくなっていた。

「深夜に生徒が校舎の周囲にいるなんて今までなかったから、父さん驚いてた」

品行方正、飼い慣らされた感のある学園生徒たちは、夜九時の点呼、さらには十一時の消灯後に部屋を抜け出すことなど、まずしない。もっとも、永人自身は点呼後に東堂と校舎の周囲で出くわしたことがあるのだが。夜にピアノの音が聴こえるという事件があった時だ。ちらりと乃絵を見る。
思えば、彼女との縁もあの時から始まっているのだ——
「全然気付かなかった。慧が……？」
一方の昊は顔を青くしている。それはそうだ。口が達者で奔放ではあるが、慧の身体が
弱いのは本当なのだ。深夜に、それも一人で外をうろついていたなんて考えもしなかった。
三人は黙って顔を見合わせた。困惑した互いの表情を窺う。
「……とりあえず、図書室に入るか。昊」
「う、うん。あの、多野さん、もしも」
「分かってる。もしもまた夜中にお兄ちゃんがいたら……今度は父さんに声をかけてもら
うようにする」
小さく頷き合った。乃絵は再び階上へ、そして永人と昊は並んで図書室に入った。広大
な室内に林立する重厚な書架が二人を迎える。敷き詰められた絨毯が足音やそのほか雑多
な音を吸収し、この図書室はいつも森閑としていた。二人ともあてどなく書架と書架の間
を進む。慧の姿を自然と探していた。
その時、昊の足が止まった。見ると、奥まった書架の一隅にうずくまる姿がある。

慧だ。何やら真剣な顔で絨毯に手を這わせている。知らず、永人の眉がひそめられる。

「何をやっているんだ？」とつぶやいた昊が、はっと永人を振り返った。

「もしかして……以前檜垣が言っていたこと？　書架を動かすと、床の真ん中に空間ができるって」

その通りだ。書架が動き、部屋の真ん中がぽっかりと開くようになっているという事実は、先日の〝図書室の怪人〟事件の際に発覚したことだ。

「――」

まさか。永人の中に一つの疑惑が生まれる。

とっさに昊の腕を掴んだ。書架の陰に引きずり込むと、そのまま急いで図書室を出た。玄関室のホールに通じている階段を一気に駆け上がる。

「ひ、檜垣」

永人に引っ張られるままだった昊が、やっとというように声を上げた。振り向くと、目を見開く彼の表情には不安の影がうっすらと広がっていた。

「慧は」その目に怯えた色が揺れる。

「慧は何をしているんだ……？」

――深夜、校舎のそばに立っていた。そして今、図書室の床を探るような真似をしていた

まさか。

まさか、慧は地下室の存在に気付いている？

この地下図書室にはさらなる地階がある。海軍大臣の子息が転校してきた騒動の時、東堂と黒ノ井とともに永人もその場所に下りて入った。

ただし、東堂からは決して口外するなと約束させられていた。そのため、慧と昊にも一切話していない。それなのに、もしも慧があの地下室に興味を持っているとしたら？

慧は一体誰からその話を聞いたのだ？

「……慧。お前、一体」

とたん、「少年探偵」と呼ばれた気がした。慧の声。弾けるような明るい声。けれど振り返っても、そこには誰もいない。

歯がゆさが、いっそう募った。


そして翌日、事件は起きた。

朝一の講堂では全校生徒による定期集会が開かれていた。教師、生徒会による各報告と連絡事項の伝達、学園長からの訓示……退屈極まりない時間で、永人にとっては苦痛の習慣だ。それでも、長々とした学園長の話も終盤に入り、そろそろ解放されるという安堵が生徒らの間に漂い始めた時だった。

「えっ」

誰かの小さい悲鳴が講堂に響いた。立った姿勢で半分寝ていた永人もハッと目を覚ます。その間にも、さざ波にも似たどよめきが広がっていく。なんだ？　周囲を見回した永人は、生徒らが見ている方向を目で辿った。そして息を呑む。

壇上横手の壁には、学園創立者である千手源衛の大きい肖像画が掲げられていた。先帝から賜った勲章を誇らしげに胸に付け、眼光鋭く前を睨み据えている。その両目から――

「血だ！」

生徒の一人が叫ぶ。どよめきがいっそう大きくなる。演壇の脇に控えていた東堂が壇上から飛び降り、肖像画の真下に駆け寄った。そして目を見開く。

「これは」

千手源衛の両目から赤いものが流れ出している。それは固唾《かたず》を呑んで見つめる生徒らの眼前で、みるみる源衛の顔を濡らし、胸のあたりにまで滴った。あたかも、血の涙を流しているかのようだ。東堂が同じく壇上にいた黒ノ井を振り返った。

「影人。多野さんに言って梯子《はしご》を用意させてくれ」

すかさず指示を飛ばすと、騒然とする生徒たちを見た。

「静かに！　各々、その場で待機！　私語を禁じる！」

威厳ある東堂の一喝に、ざわめきがいっせいに引いていく。が、それはあくまで一時的で、生徒たちの畏れと好奇は加速する一方だ。永人も同じだった。血まみれになって泣いているように見える源衛の肖像画を見上げながら、唖然とした。

こりゃなんだ。一体、何が起こった？

背後から制服の裾を摑まれたことに気付いた。見ると、慧がほとんど寄りかかるように永人の背中にすがり付いている。永人は言葉を失った。

肖像画を見上げる慧の目が、らんらんと輝いていたのだ。

「……始まる」

慧がつぶやく。まるでうわごとのように。

「僕の――」

言いかけて、黙ってしまう。が、突然顔を上げると、熱に浮かされたような表情でぐっと迫ってきた。永人にしか聞き取れない声で、そっとささやく。

「地下」

目を見開く。やはり？

慧の瞳が、驚愕した永人の表情を真正面から捉える。永人はあわてて顔をそらせた。やめろ。そんな目で俺を見るな！

お前は本当に慧なのか？

お前は一体、誰だ？

「――」

その時、彼の後ろに立つ昊と目が合った。戸惑い、そして怯えをはらんだ視線が永人と絡み合う。

周囲は依然として騒がしい。けれど、そんな混乱も三人からは遠かった。この場に、自分たちだけ置き去りにされたかのようだ。永人は立ち尽くした。


四時限目が終わると同時に、三年生の教室に東堂と黒ノ井が現れた。昼食のために寄宿舎へ戻ろうとする永人を「檜垣君」と手招く。先ほどの肖像画の件か。級友らがちらちらと永人に視線を送りながら教室から出て行く。その中には慧と昊の姿もあった。だが、慧は永人のほうを見もせずに、そそくさと廊下を歩いて行ってしまう。昊は永人を肩越しに見たものの、結局は兄を追って行ってしまった。

今までの慧からすればあり得ない反応だ。東堂も「おや」と首を傾げた。

「来碕君たちがいないね。少年探偵團はお休み？」

だから探偵じゃねえです。と口にするのもためらわれた。

「休みってわけじゃねえですけど。まあ、イロイロありまして。で？　さっきの血まみれになった肖像画の話でしょ?」

「そう。君の意見が聞きたいな」

集会を急遽中断し、生徒たちを教室に帰してから、東堂と黒ノ井は教師らとともに肖像画を調べたという。

　結果、絵に描かれた源衛の目の下側の際に沿って細い切れ込みが入れられていることが分かった。さらに画布の裏から両目の位置に合わせて、横長の小さい革袋がそれぞれ上下縦に二枚ずつ貼り付けられていた。どちらも上下の革袋が縫い付けられ、繋げられている。分解してみると、上の革袋には赤い色水がいっぱいに満たされており、小さい穴も開けられていた。繋がっている下の革袋を少しずつ満たしていく。やがて、赤い色水は下の袋にも同じく開けられている小さい穴から滲《にじ》み出し、切れ込みから絵の表側へと漏れ出ていく仕組みのようだった。そのため、画布の裏側も真っ赤だったという。

「時間をかけて色が滲み出るようにしたんだな」

　黒ノ井がうめいた。傍らに立つ東堂も腕を組んで眉をひそめている。

「集会中に色が漏れ出るよう図ったのかは不明だが、結果的には劇的な効果があった」

「一体誰が……」

　顔をしかめる永人の前で、黒ノ井が肩をすくめた。

「見当もつかないな。だけど、仕組んだ人物が、学園に対して好意的でないのは明らかなんじゃないか？」

「どうかな。そうとも言い切れないよ、影人」

相棒の言葉に、東堂が反駁《はんばく》する。

「例の『建国・五大王』の一件もある。学園側が生徒を追い込むような真似をしていた……この件に関しては、まったくなんの解決もしていないのだからね。教師らによる釈明も一切なしだ。全員が全員だんまり。こうなると、あの血まみれの肖像画だって、学園側によるものと思えなくもない」

「でも理由が分からねえですよ。芝居もそうでしたけど、学園側がこんなことして何になります？」

しかし、東堂はふいと窓の外を見ただけだった。その目つきが一瞬遠くなる。彼の代わりに黒ノ井が答えた。

「まあ確かに、あの仕掛けをするためには肖像画を外したりしなきゃならない。教師だったら特に不審には思われないかもな。部外者や生徒が触れるよりははるかに自然だろ」

唐突に、永人は慧のことを思い出した。

肖像画が血の涙を流した時、慧は繰り返していた。「始まる」「僕の」——あの言葉は何を意味していたのだろう。しかも、彼は「地下」とまで口走った——

「……先輩。一つ、訊きてぇことがあるんですけど」

「ずい分と思い悩んだ顔だね。何かな？」

「図書室の地下……あの部屋のことを知っている人間って、どのくらいいるんですかね」

地下と聞いたとたん、東堂の目つきが鋭くなった。永人の腕を強く摑む。

「檜垣君。あの地下室のことは誰にも言っていないね？　来碕君たちにも」

「……言ってねえですよ」

だから困惑しているのだ。慧があの地下の存在に気付いているのでは？　と。

「知る者は限られている。千手一族の中にも知らない者はいるはずだ。たとえば図書室職員の千手鍵郎……あの男の場合、地下室の存在だけは知っているかもしれないが、内実まで知らされているかどうかはすこぶる怪しいね。何しろ一族の覚えがめでたいとは決して言えないのだから」

「知っているのは千手源衛に学園長、建設と計画に関わった連中のみ。歴代の生徒会長、副会長も知らぬことだ。俺たち二人は特例だ」

「……そうですか」

やはり、慧があの地下室に気付いているというのは早計だったたか。

鋭い目つきのまま、東堂が訊ねる。

「なぜそんなことを？」

「いや、なんでもねえんですけど……ちょっと気になることがあって……うーん」

首をひねった。分からない。ここのところ、戸惑うことばかりだ。

そんな永人を見た東堂が、ゆっくりと諭すような口調で言った。

「まあいい。助けが必要になったら、いつでも言ってくれたまえ。僕だって……君に助けられている。貸し借りは無しにしたい」

貸し借りなどと味気ないことを言うわりに、その顔つきは穏やかだった。傍らで黒ノ井がクククッと笑う。それから三人は昼食のために寄宿舎へと戻った。

そして昼食後、慧はやはり「図書室に行くね」と昊に言うと、そそくさと集会室から消えてしまった。残された昊と永人は、自然と並んで集会室を出た。

「東堂先輩たちとは、あの肖像画について話をしたのか？」

ぽつりと昊が訊いてくる。今までであれば、しつこいほど訊ねてくるのは慧の役割だったのに。

寄宿舎を出て校舎へと向かう。見慣れてきたはずの学舎が、何やら得体の知れないもののように永人の目に映る。気付くと、昊は左棟の昇降口の前を過ぎ、正門のほうへと足を向けていた。彼の後を歩きながら、「ああ」と永人は頷いた。

「赤い色水が出るように細工されていた」

「誰がやったのか、分かっているのか？」

「いや。ただ……東堂先輩は学園側の誰かの仕業かもしれないって」

昊の足が止まった。永人もつられて立ち止まる。

「それって、『建国・五大王』の時みたいに？」

「……」

「檜垣。本当に、本当に先生方は」

うつむいた昊が唇を噛んだ。

彼が動揺するのも当然だ。盤石《ばんじやく》だと思っていた足元が、突然揺るがされたようなものなのだから。永人は黙ってしまった昊をじっと見た。

現状が最も堪《こた》えているのは昊だ。美術教師の千手雨彦ですら、自分を謀《たばか》った。絵を描くことが好きな彼にとって、雨彦は憧れであり、信頼できる大人のはずだった。その美術教師が怪文書を作っていたという事実に、彼はどれほど衝撃を受けたか。

しかも、永人の糾弾を受けてうろたえる、もしくは非難、釈明をしてくれればまだいい。恐ろしいのは、誰もが以前と変わりない態度で過ごしていることだ。雨彦も今まで通り、穏やかで飄々《ひようひよう》としている。だからこそ、こちらの困惑は静かに増していく。

目に見える形だけそのままに、違う世界に紛れ込んでしまったかのようだ。正気でいろというほうが無理だ。

「怖いんだ」

昊が抱えていた風呂敷包みを胸の前でぎゅっと抱き締めた。「え？」と永人が訊き返すと、震える声でつぶやいた。

「何か、恐ろしいことが起きそうで――」

「来碕さん！」

声が上がった。見ると、正門脇の守衛室から三宅が出てきている。突然守衛に呼び止められた昊は、戸惑いつつも彼のそばへ歩み寄った。

「はい。なんでしょうか」

「まだ来ませんねえ、あの坊主」

「はっ？」昊と永人は同時に声を上げる。

「あの坊主？」

「ええ。来たら手紙を渡すよう頼まれてますけど、今日はまだ来ていませんねえ」

手紙？　昊を振り向くが、彼は目を丸くするだけだ。まるで心当たりがないという顔だ。

……もしや。永人はピンとくる。

三宅は昊を慧と間違えているのではないか。傍から見れば、この双子は見分けがつかないほどにそっくりなのだ。とっさに永人は口を開いた。

「ああ、そうなんですね！　ヨシ坊、まだ来ていないのかあ。この前来たのはいつでしたっけ」

口から出まかせを言う。が、人の好い老爺は疑うそぶりも見せず、「うーん」と思い出す顔つきを見せた。

「二日前かな？　ほら、来碕さんのほうから手紙を渡して、あの坊主が取りに来たの」

「あーっそうでした。三宅さんを郵便局扱いしてすみませんねえ。あれ、ヨシ坊とコイツが手紙のやり取り始めたのって、えーっと確か」

「最初は学園祭の翌日ですねえ。来碕さんから事前に守衛室に人が来るって言われてて、その時は昼休みにあの坊主が手紙を預けていったの。ねえ？」

三宅に訊かれた昊の目が泳ぐ。永人は二人の間に割り入った。

「俺ら、ヨシ坊に字を教えてやるって約束してるんですよ」

「ああなるほど。だから先生やほかの生徒には知られないようにって言ってたんだ」

納得したように三宅が頷く。永人の鼓動が激しくなる。あわてて続けた。

「あっ、いっけねえ！　肝心のこと書いたかどうか忘れちまったって言ってただろ、こ……慧。すみません三宅さん、もう一回手紙を確認させてもらっていいですか」

頼まれた三宅が守衛室に引っ込み、すぐに折りたたまれた一葉を手に戻ってくる。呑気な顔つきで「どうりで。あの坊主、見たことあるなあって思ってたんですよ」としきりに首をひねっている。騙していることを胸の中で詫びつつ、永人は手紙を広げた。そして目を見開く。

紙面には、確かに覚えのある慧の文字で、こう綴られていた。

＊

──例ノ場所、未ダ不明也──

図書室の片隅に身を潜める。慧は床に敷き詰められた絨毯を探る手に力を込めた。

何か手がかりがないだろうか。これは僕に与えられた極秘指令だ。

守衛室に預けておいた手紙の内容を思い出した。『例ノ場所、未ダ不明也』。これしか書くことがない自分が情けない。

ああ。思い返すたび、鼓動が速くなる。

どうしよう。僕は、どうすればいい。

もうすぐ、始まってしまうのに──

気配がした。はっと身をすくませる。床にうずくまったまま、じっと息を詰めた。突き当たりの通路を人が横切る。慧は目を見開いた。

多野乃絵だ。積み上げた本を持っているから、千手鍵郎の手伝いをしているのかもしれない。うずくまる慧に気付くと、首を傾げた。

「何してるの。気分悪いの？」

「ち、違うよ。本を探しているの」

「ふうん」と頷くと、乃絵はすぐに歩き出した。が、書架の一隅に肩が当たり、持っていた本が崩れかける。「あ」と彼女が本を持ち直した時だ。

作務衣の上着のあたりから何かが落ちた。けれど乃絵は本が気になっている上に、落ちた音が絨毯に吸収されたせいで気付かない。そのままさっさと通路を行ってしまう。慧はそっと書架通路から首を伸ばし、その落ちたものを見た。

「……」

鍵束。

鉄の輪に複数の鍵がぶら下がっている。とっさに慧はその輪を摑み、手元に隠した。返さなくちゃとか、困るだろうなという気持ちは、鈍い輝きを放つ鍵束を前に吹き飛んだ。心臓がばくばくと暴れ出す。

校舎中の扉の鍵。そしてもしかしたら、この図書室の鍵も。

毎日の図書室の開錠施錠は鍵郎がやっているとのことだが、多野家が予備の鍵を預かっていることは十分に考えられる。これがあれば。ぞくぞくとした高揚が足元から駆け上がってきた。

夜に校舎の鍵を開け、さらには図書室にも入れるんじゃないか。そして今度こそ、心置きなくあの場所を探せるのではないか。

この図書室の下にあるという地下室。

「うわあ」思わず声が出た。はるか頭上にある天井、そしてその天井にてっぺんが付きそうな書架を振り仰ぐ。自分を高みから見下ろす書架は、行く手を阻む壁のようにも見えた。どきどきする。慧は胸を押さえた。深呼吸を繰り返し、ぎゅんぎゅんと蠢《うごめ》く心臓をどうにかなだめる。そして肩で息をつきながら、また「すごい」と口走った。

謎の地下室。密偵。潜入。

すごい。なんだか僕、本物の探偵みたい。

よろめく足を踏ん張り、立ち上がった。一瞬頭から血の気が引くが、興奮がすべての不安をかき消してくれる。人よりも虚弱な身体とか。昊のこととか。自分の将来とか。

初めて、本当にやりたいことが目の前に現れた気がした。地下室。慧はつぶやいた。

僕も地下室への道筋を見つけなければ。

真っ暗な天井を見上げ、耳を澄ます。同室の弟の寝息を気配で窺う。やがて、寝入っていると確信した時、彼はそっと寝台の上で身を起こした。

周囲の物音に耳を澄ましながら、暗い室内を見回した。目の端に、部屋の片隅にある本棚が映った。夜陰《やいん》に沈み、どの本の背表紙もひっそりと黙り込んで見えている。全巻そろえている『夜光仮面』は未だに一巻が抜けたままだ。永人に貸したきり、戻ってこない。

あの調子では、百年経とうが読み終わりそうにない。

それなのに、なぜか慧はおかしくなった。永人君らしい。だけど、ちょっとくらい読んでくれてもいいのに。探偵小説はこんなに面白いんだから。

ページをめくって飛び出すのは、欲得や憎悪に満ちた極悪非道な悪人が引き起こす犯罪と、それを追いかける頭脳明晰《めいせき》な探偵の物語だ。彼らの周囲に次々現れるのは、血塗られた金銀財宝、きらめく凶刃、転がり出る死体……けれどどんなに恐ろしい凶行であろうと、探偵さえいれば必ず解決してくれる。この1＋1＝2の数式にも似た確かさが慧の心を捉えた。

複雑な心の機微なんて、暴力や犯罪の前にはちり芥《あくた》も同然だ。その犯罪を暴くのが探偵だ。だから探偵は世界で最強なんだ。

「――」

そっと布団から出た。床に足を付け、立ち上がる。昊が起きる気配はない。裸足のまま、足音を忍ばせて部屋を出た。回廊から見える中天の月は、少し齧《かじ》った桃みたいな形をしていた。敷地内に立つ外灯もあり、今夜は足元や手元が良く見える。

螺旋階段を慎重に下り、寄宿舎から出た。左棟の昇降口前に行く。引き戸に嵌《は》められた南京錠が闇を吸って鈍く光っている。携えていた鍵束を取り出した。十数本ぶら下がっているが、一本一本確かめていけば、いずれは昇降口の鍵も開けられるはずだ。はやる心臓をなだめつつ、一本ずつ鍵穴に鍵を挿していく。焦るな。慎重に。そう自分に言い聞かせながら、慧はあの日のことを思い出した。

学園祭の日、地下の図書室で出会った男は慧に向かってこう言った。

「実はこの下にも秘密の地下室があるはずなんだ」

「えっ。やっぱり？　やっぱりそうなのっ？　ワーッすごい！　黒岩涙香《くろいわるいこう》の『白髪鬼』だ！」

慧が目を輝かせると、男は「シーッ」と唇の前で人差し指を立てた。

「ふふふ。面白い子だね。そう。地下室……あれ。今、やっぱりって言った？　ということは、君は書架が動くことは知っていたけど、地下室の存在は知らなかったということ？」

ためらいがちに頷くと、「そうかあ」と男は落胆した表情を見せた。とたんに慧はいたたまれなくなる。

「地下室に行きたいの？」

「うん。もう少しで詳細な情報に辿り着けそうだったのだけどね……せっかくこの学園に潜り込ませることに成功したネズミが、何も話してくれなくなってしまってね。大方、何かしらの弱みを握られたのだと思うけど」

「ネズミ？　さっき言っていた〝あの子〟が、そのネズミなの？」

「ああ、それとはまた違うのだけど」

そう言うと、彼はうふふと笑った。ソフト帽の下から見えるその笑みは、善人にはとても見えないけれど、悪人にも見えない。やっぱり夜光仮面だ。慧の胸が高鳴る。思わず身を乗り出していた。

「ねえ。僕が探ってあげようか」

男が目を見開く。まじまじと慧を見つめると、「ホント?」とつぶやいた。

「ホントに? 君がこの地下室への入り方を探ってくれるということ?」

しかし男は半信半疑といった顔つきだ。またガッカリされたくない。そこで慧は「大丈夫!」と声を上げた。

「大丈夫。だって僕、探偵だから」

我ながら大胆な言葉に、慧は自分で驚いた。永人もいない、昊もいないのに、自分一人で探偵だと名乗るなんて。

けれど、口に出した瞬間、力がみなぎる気がした。そうだ。僕は探偵だ。最強なんだ。だからなんでもできる。

慧を見つめていた男の口元が、ふっとゆるんだ。くすくすと低い忍び笑いを漏らしながらつぶやいた。

「いいね。君は千手學園の少年探偵さんというわけだ。では探偵君。地下へ入る方法を探ってもらう仕事を依頼したとして、報酬は？　僕は君に、何を差し出せばいい？」

報酬。男の顔をきょとんと見た。

そうか。自分がやったことに対して、報酬をもらえるんだ。これが仕事。大人の世界。

慧は必死に思考を巡らせた。報酬。ほしいもの。僕がほしいもの。

「報酬は――」


「未来」


「慧」

名を呼ばれた。ぎょっと振り返る。手にしていた鍵束が、動揺にちゃりんと音を立てた。

月光を背に、三人の人物が立っている。慧は目を瞠った。

「……永人君」

永人、昊、そして乃絵が立っている。全員が全員、やけに強張った顔つきでこちらを見ていた。

硬直した慧に向かい、永人が手を出す。

「まずその鍵束を返せ。とは言ってもよ、そこにぶら下がってんのは校舎内のぶっ壊れた戸棚とか、滅多に使わない教室とかの鍵ばっかだ。お前が探してる昇降口の鍵はないぜ。

もちろん図書室の鍵もな」

鍵束を見下ろした。とたん、すべてが明瞭に見えてくる。

「もしかして……わざと落とした？　僕の目の前で」

乃絵が気まずそうに唇を嚙んだ。すかさず昊が間に入る。

「僕たちが多野さんに頼んだ。鍵を拾えば、慧はきっと深夜にここに来るだろうって」

なんだ。全部知られていたんだ。慧は笑いたくなった。

間抜けだなあ。やっぱり僕、探偵には向いていないのかも。

「慧」永人が真剣な顔で一歩近付く。

「お前、最近何をしてるんだ……？　図書室の何を探ってる？」

うなる永人を見つめ返した。不安なのか、顔つきが硬い。変なの。慧はそう言ってやりたくなった。永人君がそんな顔するなんて、似合わないよ。

「地下室」

永人の顔色が変わる。その一瞬を慧は見逃さなかった。やっぱり。内心、確信する。

彼は知っていたのだ。図書室の下にある地下の存在を。慧はなおも言葉を重ねた。

「ねえ。この先ずっと、ずっとずっと、僕と一緒にいてくれる？　永人君」

思いがけない言葉だったのか、永人の目が見開かれる。「慧？」昊も眉をひそめた。慧はそんな弟にも問いを繰り返した。

「昊も。医者になってくれる？　そして僕とずっと一緒にいてくれる？」

「……」

昊、そして永人は何も答えない。無言が四人の間を満たす。その無音が、やがてじわり、じわりと足元から這い上ってくる気がした。黒々とした闇に、身も心も食まれる。慧は思わず声を高くした。

「ここから連れ出してくれる？　永人君！　探偵でしょ？」

永人がじっと自分を見つめる。無言でも、無音でも、たとえ視界が利かない闇夜の中でも、彼さえいれば。ここ千手學園にある日突然現れた、僕の少年探偵。檜垣永人。

永人君さえ答えてくれれば！

「……探偵じゃねえよ」

けれど。

永人はそう、つぶやいただけだった。闇に呑まれる。

一歩下がった。が、崩れそうになる足を踏ん張り、ふらつく足取りで三人に迫った。不安げな昊をちらりと見遣り、続いて立ちすくむ乃絵を見た。「ごめんね」と鍵束を彼女の手に押し付ける。それから素早く耳打ちした。

「君、やっぱり役者だね」

間近にある乃絵の顔が強張った。あれ、案外可愛いなと、不本意ながら思ってしまう。

「慧!」

永人、そして昊が同時に声を上げた。慧は振り向かず、歩き続けた。ふう、と重くため息をついた。

分かってた。僕だってバカじゃない。

物語はしょせん物語。

探偵には、僕をここから連れ出してくれる力はない。

*

翌日の三時限目は体育だった。丸首の白シャツに半ズボンという体操着に着替え、校庭に集合する。

今日は三組に分かれてリレー競走をする予定だった。三年生は現在十五人いるのだが、慧はいつも体育の時間は見学のため、十四人が三組に分かれることになる。足の速さが均一になるよう組み分けをし、永人は潤之助、ほか三人の級友とともに二班になった。昊は三班だ。なお、三班だけが四人のため、足の速い昊が最初と最後の走者を務める。

緊張しているのか、潤之助の顔色が白い。体育教師の笛に合わせ、上の空の顔つきで準備体操をしている。

「穂田ぁ。ちゃんと足首動かしとけよ。転ぶぞ」

永人が声をかけると、今にも泣きそうな顔で頷いた。

「う、うん。あ、足引っ張っちゃったらごめんね、檜垣君」

「だから足動かしとけって言ってんだ。ていうか、やる前から情けねえこと言うな」

「うん、うん」

柔らかな頬を揺らし、潤之助が必死の形相で頷く。そんな彼の様子に呆れつつ、永人は昊を見た。彼もやはり心ここにあらずといった顔で校舎の中庭のほうを見ている。

中庭は凹の形をした校舎に囲まれている。左右の辺がそれぞれ左棟と右棟、下辺部分が玄関ホールだ。このホールと中庭とは大きなガラス窓を開閉する出入り口で通じていた。その窓を背に慧が立っている。慧はいつもこの場所で体育を見学している。今日は右棟側とホールの角に当たる位置に立っていた。上から射す陽が校舎の濃い影を作っており、その影にすっぽりと全身が覆われている。強い陽射しを避けるためか学帽もかぶっていた。準備体操をしながら、永人も遠目に彼の姿を見た。

昨夜の出来事からこの方、慧とは一切口をきいていない。それは昊も同じで、慧のほうが頑として口を開かないようなのだ。途方に暮れている昊の表情は痛々しくすらあった。

一体、慧に何が起きているのだろう。地下室を探している。それだけでも驚きだが、あの「一緒にいて」「ここから連れ出して」は何を意味するのか。

「……」

頭を振った。湧き上がる後悔を急いで呑み下す。

その場限りの嘘でもいい。ずっと一緒にいる。連れ出してやる。俺は探偵だ。そう言えばよかったんじゃないか。何か取り返しのつかないしくじりをしたように感じ、どうにも落ち着かない。

だが、一方で、どうしても言えないとも思った。ずっと一緒にいるなんて約束できない。できないのにできると嘘をつくことのほうが、よほどひどい裏切りなんじゃないか？

競走用の白線が引かれた校庭をまずは足慣らしに走ってから、リレーの練習が始まった。それぞれが一周ずつ走り、肩からかけた襷《たすき》を受け渡していく。走り込むほどに熱も入り、班の仲間への声援も大きくなる。いよいよ本番という段になると、生徒たちの熱はいっそう高まった。

第一走者が出発地点に並ぶ。教師の号令を合図に、いっせいに走り出した。昊はさすがの足の速さで、ほかの二人をグングン引き離す。永人は二班の最終走者だった。二度走る昊に負けるわけにはいかない。ちらと中庭に目をやると、慧は相変わらず中庭に立って校庭のほうを見ていた。

昊率いる三班が優勢に思えたが、第二走者で一班と二班が盛り返し、また拮抗《きっこう》した。続く第三走者、二班は潤之助だ。

第二走者から潤之助が襷を受け取る。足をもつれさせながらも走り出す。ほかの走者に比べ、明らかに遅い。だが、真っ赤になった顔は真剣そのものだ。「穂田！」思わず永人は叫んだ。

「行ける！　行け……ジュン！」

永人の声につられた二班の生徒らもいっせいに声を出す。

「穂田君！」

「ジュン！　行け！」

ふくよかな手足は見るからに重そうだ。けれど、仲間の声に押されたのか、前へ前へと進もうとする強い意志を感じる。「いいぞ！」永人は叫んだ。

「いいぞ、速い！　ジュン、行けるぞ、いいぞ！」

それでも差はほとんど縮まらない。最後尾のまま、潤之助は二班の第四走者に襷を渡した。その場にへたり込みそうになる。そんな彼に永人は駆け寄った。

「すげえぞ、練習ん時よりずっと速かったじゃねえか」

「う、嘘だ……全然速くない、ビ、ビリだし」

「バーカ。最終走者、誰だと思ってんだ。俺だぞ？」

そう言ってニッと笑ってみせた。泣きそうだった潤之助の口元が、ゆるゆると崩れる。

「そうだった。最後は君だった……永人君」

頷いて位置に付く。隣に立つ昊がちらりと永人を見た。負けねえぞ。永人は胸の中でつぶやいた。

三班の走者が昊に襷を渡す。受け取った昊がさっと襷を肩にかけ、走り出した。脚にまで翼が生えているみたいに、ぐんぐん離れていく。続いて一班の最終走者が飛び出した。最後、二班の第四走者から襷を渡された永人は、昊の背中目がけて走り出した。「永人君！」潤之助の声が背中を押す。

「行け……永人君！」

前へ前へ。肘を軽く曲げた手を振り、足の裏で地面を押す。反動で前に出る、その勢いでさらに真下へと足を押し出す。永人は自分が一体の器械になったように感じながら、その動きを繰り返した。一班の走者を抜いた。昊との距離が縮まる。が、どんなに足を前に出しても、昊の背中には追いつけない。彼の走りは、二回走っているという不利な状況をまるで感じさせないものだった。すげえな。永人は内心舌を巻いた。

慧が昊を自慢に思うのも分かる。こいつはすごいヤツだ。

「！」

運動靴のつま先が何かに引っかかった。あっと思うと同時に、勢いのままに身体が前のめりに地面に突っ込む。「永人君！」潤之助の悲鳴が、額のあたりを強打した痛みとともに弾ける。

爆ぜそうな痛みが膝と腕を痺れさせた。一瞬、息ができない。けれど「くそっ」とうなるや、あわてて起き上がった。足を引きずるようにして走り出す。が、思いのほか膝を強く打ったようで、なかなか前に進まない。一班の走者にも抜かれた。二人の走者がみるみる遠ざかる。

それでも、どうにか最後まで走り切った。一位で到着した昊は三班の生徒に周囲を囲まれている。「永人君！」潤之助を始めとした二班の生徒が駆け寄ってきた。

「だ、大丈夫？　膝、怪我した？」

「ああ。打っただけで、血は出てねえみたいだ」

膝は擦れた痕があるものの、血が出るほどではない。痛みも、このくらいであれば程なく消えてしまうだろう。汚れた手をぽんぽんと払いながら、永人は二班の仲間に向かって頭を下げた。

「悪ぃ。俺のせいでビリになっちまった」

「ううん。きっと転ばなければ一番だった。だって永人君速かったから！」

「あとちょっとで昊を抜きそうだったよ。すごい追い上げだった」

潤之助が目を輝かせた。ほかの生徒も頷く。いや、コケてちゃ意味がないけどな。苦笑した永人の目が、三班の生徒に囲まれている昊の目と合う。上気した顔からは、ここ最近見せていた憂いの表情が消えていた。

三時限目の終了を告げる鐘の音が聞こえてきた。用務員の多野が鳴らす振鈴の音だ。教師の解散の号令を合図に、各々が左棟の教室へと引き上げる。永人は校庭を横切りながら中庭を見た。まだ慧は同じ場所に立っている。

「大丈夫か檜垣？　派手に転んだな」

ひょこひょこ歩く永人を、昊が後ろから追ってきた。

「情けねえ。思いっきり転んじまった」

「檜垣が追ってきたなって思ったら、後ろでザザーッてすごい音がしたから。あ、転んだなってすぐに分かったよ」

こらえ切れない、というように昊が笑い出す。こんなふうに無防備に笑う昊は珍しい。

「うるせーな。今度は負けねえぞ」

「僕だって。負けないよ」

校庭から左棟の脇を通り、昇降口で室内履きに履き替える。昊は左棟の階段を上がらずに、玄関ホールへと足を向けた。慧を迎えに行くのだ。自然と永人も彼についていく。

見ると、慧が中庭を校庭のほうへ向かって歩いていた。すでに右棟の中ほどを過ぎている。あれ。永人は不思議に思った。なぜホールとは逆の方向に？　どこへ行くつもりだ？

「慧」

同じことを思ったのか、昊がホールから呼びかけた。けれど慧は振り向かない。永人と昊は顔を見合わせた。もうすぐ、慧は右棟の角を折れる。一瞬ためらったものの、昊が室内履きのまま中庭に下りた。「慧」と呼びながら彼を追いかける。慧の足取りは衰えない。そのまま右棟の角を曲がり、向こうへと姿を消した。兄を追いかける昊の足が速まる。永人も痛む膝を引きずり、必死に二人を追いかけた。昊が右棟の角を曲がる。やっとのことで追いついた永人も彼に続く。そして立ちすくんだ。

誰もいない。右棟は多野家が住居代わりに使っている用務員室が出っ張りのように付いている構造で、その向こうに講堂が見えている。その見通せる三十丈ほど（約九十一メートル）の間に、つい今しがた角を曲がったはずの慧がいないのだ。

「慧は？　どこ行った」

立ちすくむ昊に訊いた。が、彼は困惑した顔で首を振るだけだ。

「分からない……僕が角を曲がって見た時には、もう」

そんなバカな。周囲を見た永人は、用務員室の裏手にある物干しを見た。複数の竹が地面に挿してあり、物干し用の縄が何本も張られている。晴れた日であれば、大量の洗濯物もいっぺんに乾かすことができる。今日はこの物干しに、たくさんのシーツが翻っていた。まるで布の壁だ。

シーツの下から作務衣姿の足が見えた。青い鼻緒の草履を履いている。乃絵だ。「多野！」永人は声をかけた。

「なあ。慧を見なかったか？」

乃絵の足が止まる。昊も続けた。

「こっちに来たはずなんだ。見てないですか？」

乃絵はその場に立ち止まったままだ。「多野？」再び永人が声をかけると、シーツの向こうから小さい声が聞こえてきた。

「……分からないです」

「え？」永人が訊き返した時だ。シーツの壁をかき分け、多野エマが顔を見せた。手には例の特大の洗濯籠を持っている。

「こんにちは！　どうかしました？」

唐突に現れた彼女の姿に面食らいつつ、永人は答えた。

「慧、こっちに来ませんでしたか？」

「慧君？　さあ。分からないわ……あら」

小首を傾げたエマが、大げさに眉を動かした。

「檜垣さん。手や顔が真っ黒。洗濯物には近づかないでくださいね？」

「ああ、すみません」

恐縮しつつ、昊を見た。顔を強張らせた昊がさっと講堂のほうへと走り出す。あのわずかな時間で右棟を行き過ぎ、正門のほうへ回ったとは考えにくいが、とにかく姿が見えないのは本当なのだ。

二人は右棟を行き、正門へと足を延ばした。けれどどこにも慧の姿はない。昊の顔が静かに青ざめていく。

「……角を曲がってから走っても、間に合わないよね」

「昊の足の速さでも無理だな。絶対に背中くらいは――」

記憶に触れる。校舎の角を曲がって消えた少年。これと似たことを、つい最近経験した。

洗濯籠。

きびすを返し、再び右棟の脇、用務員室の裏手に駆け込んだ。外した大量のシーツを両腕に抱えているエマが目を丸くする。彼女に構わず、永人は地面に置いてある籠に飛び付いた。中を覗く。

「……」

けれど、中は空だった。緊張していた分、一気に力が抜ける。

「一体どうしたの？　ああもう、檜垣さん、籠が黒くなっちゃう」

「すみません」かろうじて答えた。彼女が抱えている白いシーツのかたまりから急いで距離を取りながら、乃絵の姿がないことに気付いた。

「多野は？」

「え？　ああ、こっちはもういいから、校舎内を掃除してって頼んだんだけど……二人ともどうしたの？」

不思議そうな顔をしたエマが、二人を交互に見る。永人は何も言えなかった。

慧は以前も多野一家に協力してもらい、姿を隠したことがある。ここにいるエマも、洗濯籠の中に隠れて永人をやり過ごしたという前科がある。だから彼女の協力のもと、籠の中にいるのではないかと思ったのだが、空っぽだ。本当に消えた？

いや待て。シーツの陰にいた人物。あれが慧だったのでは？　例えばズボンの下に作務衣を着こんでおけば、裾をめくり上げることでごまかせる。加えて最初から草履を履いていたとしたら？　先ほどは追いかけるのに必死で彼の足元を気にする余裕もなかったし、校庭から中庭にいる慧が何を履いていたかも分かるはずがない。

「！」

違う！　しかし、永人はすぐに気付いた。

聞こえてきた声。あれは明らかに女の子の声だった。慧ではない。ということは、やはりシーツの陰にいたのは乃絵。

がさがさと音が鳴った。はっと永人は顔を上げる。

昊だ。敷地を囲む周囲の木立に飛び込むと、「慧！」と叫んだ。右棟の角を曲がった慧が木立に入ったとしても、目を離したのがあの短時間であれば気付いた気がする。が、こうなってはそう考えるよりほかにない。永人も昊に続いた。

「慧！」

周囲の木々の間を駆け回り、昊が叫ぶ。

「どこだ……？　どこにいる？　慧！」

その声に悲痛な色合いが混じる。永人は胸が苦しくなってきた。いやな予感がする。

先日からの慧の奇妙な言動。そして決定的だった昨夜の彼の姿。

「どこに行った？　慧！」

昊の悲痛な叫びは、そのまま永人の不安だった。

まさか。

もう会えない――？

一緒にいてくれる？

そう訊いてきた慧の切実な声音を思い出す。

連れ出してくれる？

「慧！」

探偵でしょ？

「慧――！」

探偵なんかじゃない。

あまりに、無力だ。


四時限目を過ぎても来碕慧は姿を現さなかった。

授業は急遽取りやめになり、生徒らは全員寄宿舎に戻され、外出を禁じられた。教師一同、生徒会の二人、用務員の多野一家、そして昊と永人で慧の姿を探した。

永人も寄宿舎の裏手を見て回った。学園中のゴミを落とす芥穴《あくたあな》がある西側だ。東京府の真ん中、学園の敷地内とは思えないうっそうとした木立の中を慧の姿を探して歩く。

その時、落ちた枝を誰かが踏んだ音がした。はっと永人は息を呑む。

「慧っ？」

だが、木の陰から現れたのは乃絵だった。緊張に強張った表情をしている。永人はちら、と彼女の足元を見た。やはり青い鼻緒の草履を履いている。

「正門のほうからぐるっと回ってみたけど。こっちにはいない」

青ざめた顔でつぶやいてから、乃絵は気遣わしげに永人を見た。

「来碕君は……？　昊君は大丈夫？」

来碕兄弟の絆がどれほど強いか、乃絵もいやというほど知っている。

以前にも、慧は永人を学園に引き留めたい一心で姿を消すという騒動を起こした。その騒動には乃絵も協力していたのである。あの時のひどく取り乱した昊の様子を、彼女もはっきりと覚えているのだ。永人は力なく首を振った。

「探すしかねえ。慧を」

そう言って頭上を見上げた。木の太い枝に、乃絵や永人がたまに使っている投げ縄が括り付けられたままぶら下がっている。

「登ってみる？　上から見たらまた何か気付くかも」

視線に気付いた乃絵が頭上を振り仰いだ。「そうだな」永人も頷いた。垂れ下がっている縄の先端を手繰《たぐ》って握り、足の裏を幹にかけようとして——

「いって！」

膝に爆ぜた痛みに、その場でのけ反った。「檜垣君っ？」乃絵が驚いた声を上げる。

「ど、どうしたのっ？」

「さっきリレーで転んじまって……膝打ったの忘れてた……いて、いてててて」

「リレー？　そうなの？　先に言ってよ！　そしたら私一人で登ったのに」

「いってえ〜……ああ、そうだな。上から見るのは多野に頼む。俺は校舎に戻るわ。昊をあまり一人にしておきたくないし」

頷いた乃絵とその場で別れ、永人は校舎に戻った。引き続き厠の一つ一つまで徹底的に見て回る。たまに出くわす昊の顔は、時間を追うごとに青ざめていく。永人はなんとか声をかけたいが、結局は何も言えずにいた。

そして陽が落ち、秋の柔らかな夕焼けが校舎を染める時分になってもなお、慧の行方は杳《よう》として知れなかった。夕飯の準備のために捜索から抜けた多野母娘以外の面々が玄関ホールに集まった。全員が硬い顔をしている。中でも、昊は今にも倒れそうな様相だった。

中原がおずおずと言った。

「守衛さん曰く、生徒も部外者も出入りしていないと」

「来碕君。本当に心当たりはないのかね。お兄さんが行きそうな場所とか」

今現在は三年の学年担当である五之助が、強張った顔つきで訊いた。けれど昊は首を振るだけだ。

「分かりません。僕には、分かりません。分かりません」

同じ言葉を力なく繰り返す。容姿が可愛らしい分、その様子は壊れた人形を思わせた。

永人の背筋が寒くなる。

前回の慧の失踪騒動の時は、慧自身と東堂が手を組んでいたとすぐに判明したから、どうにか事なきを得た。だが、今は。永人はちらと東堂を見た。

あの東堂ですら顔色を失っている。傍らに立つ黒ノ井もしかりだ。訳が分からないという困惑に満ちた表情は、自分たちと大して変わらない少年の顔だ。くそっ。永人は抑えきれない不安をどうにかなだめ、学園長の千手源蔵《げんぞう》を見た。

「警察に届けたほうがいいんじゃねえですか」

教師一同……正確には千手一族の教師らが顔色を変える。対して、数学教師の海田が胴《どう》間声《まごえ》を上げた。

「檜垣の言う通り！　この事態、我々だけでは手に負えません。一刻も早くしかるべき機関に連絡を入れ、捜索の協力を仰ぐべきです！」

しかし源蔵は顔をしかめたきり何も言わない。「学園長！」海田の声が高くなる。

「これで生徒が失踪するのは二件目！　檜垣蒼太郎君の件もまだ解明していないのです！　これは尋常ならざる事態と考えるべきではありませんか？」

源蔵、そして東堂の眉が、ぴくりとひくついた。

檜垣蒼太郎。義兄の失踪の真相は、海田や中原といった外部教師のみならず、千手一族の教師らもほとんどが知らされていないと思われた。事実、かつて失踪時のことを話してくれた雨彦の口ぶりからもそのことは窺われた。だから彼らからすれば、これで二人の生徒が謎の失踪を遂げたことになるのだ。海田の言葉ももっともだ。

けれど、源蔵は重々しく首を振っただけだった。

「警察には届けない」

海田と中原が目を剝いた。昊がふらりと顔を上げる。

「この件、外部に漏らすことは一切許可しない」

「学園長っ？」

悲鳴にも似た声を海田が上げる。

「本気ですか！　ま、ま、まさか……生徒の安全より学園の体裁を気にしているのではありますまいな！」

柔道家のように体格のいい海田が怒鳴る様は芝居のようだ。いつもの永人ならこらえきれずに笑ってしまうところだが、今はその大仰なまでの海田の真剣さが頼もしい。

そんな真面目な数学教師を一瞥し、源蔵は低い声で答えた。

「これ以上の議論はせん。この件で異存があるのであれば、今すぐにでもここ千手學園の教師職を辞してもらって構わない」

海田の目が大きく見開かれる。むむむ、とその厚い唇がへの字に引き結ばれた時だ。

「それはやはり、先生方が慧を隠したからですか？」

ささやきにも似た声が上がった。一同が声のほうを見る。

昊だ。その両足はかろうじて地面を踏ん張り、どうにか立っている。けれど普段の身綺麗な様子は消え去り、髪もぼさぼさだ。その前髪の下から、奇妙に光る瞳を覗かせている。

「学園祭の時もそうだ……しらばっくれているけど、変な怪文書を僕らに送ったり、毎年生徒を混乱させるような真似をしていたのは先生方なんでしょう？　だから今回も」

誰も何も答えない。昊の鋭い視線が居並ぶ教師の面々を刺すように辿り、最後に雨彦の前で止まった。普段であれば、浮世離れした風来坊の感がある雨彦が立ちすくんでいる。

まずい。永人の鼓動が一気に速まる。

學園祭以来、生徒も教師も、誰もが見て見ぬ振りをしていた。その触れてはならないところに手を出した。昊が叫ぶ。

「慧を隠したのは先生方なんじゃないですかっ？」

とたん、その小柄な身体が学園長に向かって突進した。「っ！」永人はとっさに彼の身体に組み付いた。

「昊！」

「返せ……慧を返せ！　お前ら全員、何を企んでいるんだっ？」

「昊！　落ち着けっ」

「返せ！　慧はどこだ！　僕の慧を返せ！」

いつもの大人しい姿からは想像できない。手負いの獣のような凶暴さだ。腕の中で暴れる昊の足が永人の膝を蹴る。「いてえっ！」転倒時の痛みが残っていた永人は思わず手を放してしまった。同時に昊が学園長目がけて飛び出す。

「昊――」

その時、走る彼の眼前に東堂が立ちふさがった。彼は突進する昊の右腕を摑むと、ぐいと前に引いた。均衡を崩した昊の顎の下をすかさず掌底で突き上げる。その勢いのまま床に昊を叩き付けた。

「昊！」

「広哉！」

永人と黒ノ井の声が同時に上がる。背中から床に落とされた昊の目が大きく見開かれる。口からは、ひゅっと妙な音が出た。

「落ち着け。来碕君」

倒した昊の真上から東堂がささやく。

「君は混乱している。大丈夫だ。来碕慧君はこの東堂広哉が何としても見つける。僕を信じろ。だからまずは……深呼吸だ」

東堂を見つめる昊の表情が、みるみる崩れた。大きい目に涙があふれる。ちらと東堂が永人と黒ノ井を見上げた。永人は痛む足を引きずり、泣きじゃくる昊が立ち上がるのを手伝った。自力ではほとんど歩けない彼を黒ノ井とともに両脇から支え、ホールから左棟の昇降口へと向かう。

立ちすくむ教師らを見回した東堂が声を上げる。

「来碕君は部屋で休ませます。それと警察に届けないということであれば、来碕慧君の捜索は我々で引き続き行ったほうがいいと思います」

東堂の堂々とした声音が、玄関ホールに威厳を持って響き渡った。

「学園の生徒が悲しむような事態は、生徒会長として看過できません。……たとえ、相手が誰であろうと」


昊は寝台に横になると程なく眠りに落ちた。くたくたに疲れた挙句、極限まで張り詰めていた緊張が切れたせいか。永人はホッと息をついた。同じく彼が寝たことを確認した東堂が小さい声でささやく。

「檜垣君。今夜はこの部屋で就寝してくれ。今は来碕君から目を離さないほうがいい」

「もちろん。そのつもりですよ」

来碕兄弟の部屋だった。集会室では夕食が始まっていたが、とても食欲など湧かない。二人も同じなのか、そのまま出て行かずに兄弟の学習机の椅子にそれぞれ腰かけた。

「さて。何があったのか詳しく聞かせてくれる？」

そこで三時限目、体育の後に起こったことを順序だてて話した。中庭にいた慧が校舎に戻らず、校庭のほうへ歩いて右棟の角を折れたこと。すぐに追いかけたが、永人と昊が見た時にはすでに姿が消えていたこと。

その場にいた乃絵とエマのことを話すと、東堂が眉をひそめた。

「シーツの陰にいたのが実は来碕君だったということは?」

「それは俺も考えました。けど、声が女……あ、いや、慧じゃなかった。これは確かです」

あわてて言葉を濁す。黒ノ井は乃絵が女の子とは知らないのだ。

うーんと黒ノ井が腕を組む。

「正門を通らなくても、塀を乗り越えれば学園から出ることは可能だ。それでも、檜垣たちの目の前から消えたってのがな」

「やはり怪しいのは多野さん母娘のように思えるが」

「でも、大きい洗濯籠の中にも慧はいなかった。あの場に立っていたのが慧じゃないのも確か。だから慧は俺たちの目の前から、ほんのわずかな間に消えたんです」

「手品だな」黒ノ井が天井を振り仰ぐ。が、天井を見ていた黒ノ井はすぐに永人に向き直った。

「なあ。じゃあ、最初っから来碕慧があの用務員の子だったとしたら?」

「ハ?」

「だから。中庭で見学していたのは最初からあの子だったんだよ。そしたら辻褄《つじつま》が合う。右棟の角を折れてシーツの中に逃げ込む。で、檜垣と受け答えをして、離れた隙に校舎に入る。そうすれば檜垣たちにはまるで来碕慧が消えたかのように錯覚させられるだろ」

「……」

そんなバカな。と思うと同時に、確かに中庭に立っていたのが慧だとは断言できないと思った。あの遠目だ。しかも濃い影の中にいて、学帽までかぶっていた。慧と乃絵は身長がほとんど変わらない。ごまかそうと思えばできない話ではない。

だが。

先ほど、寄宿舎の裏で会った時、来碕兄弟を案じる乃絵の顔は真剣だった。それにもしも慧の身代わりをしていたのだとしたら、永人が派手に転んだところを見ていたのではないか。だけど彼女の反応は、永人の膝の怪我を初めて知ったという感じだった。

それとも、あれは全部芝居だった……？

知らず、眉間にぎりぎりと力が入る。そんな永人の様子を見た東堂が顔をしかめた。

「なかなか鋭いな影人。ただ、その説だと、来碕慧自身も加担している可能性が大きいな。動機の謎も残る。なぜ来碕慧は、そして多野母娘はそんなことをするのか」

動機。永人の心臓がどきりと跳ね上がる。

一緒にいて。ここから連れ出して。そう叫んだ慧の言葉――

「檜垣君？」「檜垣？」二人が同時に自分の名を呼ぶ。はっと永人は我に返った。

「いや、え、えーっと……く、黒ノ井先輩の説、確かに辻褄は合いますけど……だけど失踪に手を貸したりしたら多野家は失職しかねない。そんな危ねえ橋を渡るわけが」

「残念ながら、それは君の願望の域を出ないのでは？　断言するには根拠が薄弱だね。僕は影人の説は動機こそ不明ながら、状況的にあり得なくはないと考える」

容赦のない東堂の言葉を無視し、永人は必死に続けた。

「あっ、じゃ、じゃあ昊の言う学園が噛んでるって説はどうです？」

「学園が来碕君を失踪させる？　それこそなんのために」

「なんのためってぇことなら、『建国・五大王』に関わる生徒を惑わすような真似をしていたのだってそうでしょ。あれだってなんのために」

黒ノ井の視線が東堂の顔に流れる。東堂の眉がかすかに動いた。二人の表情から、永人はすぐにピンときた。

「あれ？　もしかして分かってる？　ここ千手學園が生徒らを混乱させる理由、アタリがついてるとか？」

「確信しているわけではないけどね。ただ、僕なりの仮説はある」

「カーッ。なんで教えてくれねえんです？　貸し借りはなしにしたいとかってえ、散々言ってましたよね！」

「とはいえ、その仮説をもとにすると、学園が来碕慧君の失踪に関わったというのは少し考えづらくなる」

「だからその仮説の中身を聞かせろって！」

まどろっこしいな！　憤然とする永人とは対照的に、東堂は冷静に話し出した。

「だから。蒼太郎だよ」

蒼太郎。永人は目を見開いた。

「蒼太郎？　彼が何か」

「『建国・五大王』に出演する生徒は選り抜きだと言ったよね。つまり……思いがけない試練を与えることによって、間諜としての資質を見ているのではないかと」

「かつ、間諜っ」

「そう。自分を隠し、ありとあらゆる難事を切り抜ける必要がある間諜には特別な資質が求められる。いくら成績が優秀で品行方正でも、非常時にどういう反応を見せるかというのはまた別の話だ。だからまず、学園側はこれと思った生徒を毎年選び、彼らの資質を試しているのではないかな」

「それで毎年妙なことが……？　今年はそれが怪文書だったってことですか」

「そうなるね。僕と影人が選ばれた一昨年は脚本の紛失、去年は」

そこで東堂がいったん言葉を切る。顎に右手の指を添え、とんとんとつつくと、ほとんど独り言のようにつぶやいた。

「把握していなかったが、何かがあったのだろうね。だから寺地君は僕の部屋に侵入するという騒ぎを起こした。そして降板、退校した彼の代わりに蒼太郎が舞台に立った――」

「じゃあ、毎年選ばれる〝覇者〟ってのは、その年の間諜候補ってこと?」

「さあ。それはどうかな。必ずしもそうとは限らない。僕は一昨年の〝覇者〟だけど、実際に間諜として大陸に送り込まれたのは昨年の代役に過ぎなかった蒼太郎だ」

「あんな七面倒な手数まで踏んでな」

横から挟まれた黒ノ井の言葉に、東堂が苦笑した。

現在、蒼太郎は間諜として中国に渡っていると思われる。彼は秘密裏に姿を消すために、学園からの失踪という形を取った。この失踪に見せかけるための芝居に、東堂と黒ノ井は手を貸していたのである。

ただし、蒼太郎が間諜だったのではないかと気付いたのはつい最近だ。それまではこの二人ですら、蒼太郎はとある女優と駆け落ちしたと思い込んでいた。

啞然とする永人の顔を東堂が覗き込んでくる。

「ね? 分かっただろ。この仮説をもとにすると、来碕慧君の失踪に学園側が加担しているというのは考えにくいんだよ」

「……」

「確かに彼の独特な利発さは注目に値する。学業は今一つのようだが、そんなものはいくらでも挽回できる。だが、来碕慧の一番の特徴といえばなんだ? あの虚弱な体質ではないか。そしてそれに連動する気質の不安定さ。この点を鑑みるに間諜に向いているとはとても思えない。第一、彼は今年の『建国・五大王』に選ばれてもいない」

「だから慧の失踪に学園は加担していないと……」

「する理由がない」

ぐうの音も出ない。あくまで仮説だが説得力がある。永人は頭を抱えた。

「だとしたら……慧はなんで……」

答える代わりに、東堂は立ち上がった。慧の寝台に腰かけている永人を見下ろす。

「先ほども進言したが、今夜はまだしばらく来碕君捜索に時間を割きたい。その前に、僕たちはいったん集会室に行く。ことの経緯を説明しなければならない」

「じゃあ、俺も」

「いや。君はこのまま来碕昊君のそばにいてくれ。夕飯は運ばせる。ただ、不安がいや増すことは避けたい。だからほかの生徒に何か訊かれても、話すことはないと答えてほしい」

「だが。これで二人目だぞ。広哉」

黙っていた黒ノ井が言葉を挟んだ。東堂が相棒を振り返る。

「ほかの生徒にとっては、二人目の生徒が消えたことになる。いや、大半の教師にとってもな。蒼太郎の時は学園長が率先してもみ消しに走ったし、何より檜垣の家が大ごとにしなかった。考えてみれば、蒼太郎の親父は最初から何もかも分かっていたんだろうから、むしろ大ごとになるのは避けたかった。檜垣の転入という予想外の椿事《ちんじ》も、結果的に生徒らの意識を蒼太郎失踪からそらせることに成功した。だから今まで、どうにか平穏無事でいられたんだ。だけど今回は違う」

「……」

「分かってるか広哉。これは学園最大の危機かもしれないぞ」

黒ノ井を見つめる東堂の片頰が上がった。ふてぶてしい笑みを見せる。

「誰に訊いてる？　望むところだ。泣き言を言うならここにいろ影人」

「はっ。俺が行かないわけがないって口調だな。ホント腹が立つ」

そう言いながらも黒ノ井は立ち上がった。二人が並んで部屋を出て行く。残された永人は眠り続ける昊を見た。眉間にしわが寄ったままだ。これでは寝ていても疲れるのではないかと心配になる。

十分ほどして、部屋の扉を叩く音がした。開けると、二人分の食事を載せた大きい盆を持った乃絵が立っていた。東堂らと交わした会話を思い出し、一瞬躊躇する。が、すぐに

「ありがとな」と盆を受け取った。

入り口から昊の様子を窺った乃絵がつぶやいた。

「どう……？　来碕君」

「寝てる。今夜はここにいることにした。心配だからな」

硬い顔で乃絵が頷く。気付くと、永人はそんな彼女の表情を盗み見ていた。とたんにいやになる。

そんなわけがないと思いながらも、心のどこかで疑っている。ささやかに滲み出てきた疑惑を、頭の中、身体、臓腑までも擦って拭いたくなる。けれどきっと、もうまっさらには戻れない。その予感に、泣き出したいような衝動を覚えた。

「どうしたの？」

乃絵の声が上がる。はっと永人は彼女を見た。黒い瞳が不安げにこちらを見つめている。

「顔色悪いよ。檜垣君まで倒れたら……無理しないで。何かあったら言って」

「……」

「何もできないけど。だけど……信じてる。お兄ちゃんは絶対無事だって。私も探すから。だから」

彼女の目元にみるみる涙が浮かぶ。あわてて拭うと、「じゃあね」と部屋から離れた。そのまま回廊を行き、階段を駆け下りていく。永人は立ち尽くし、彼女が消えた回廊を見つめ続けた。

もしも乃絵が嘘をついていたら。

あの不安げな顔、心配している口ぶりがすべて芝居だとしたら。

「違う」知らず、鋭い声でつぶやいていた。違う。乃絵はそんなことをしない。しない！

東堂の皮肉な声が聞こえる気がした。

——根拠が薄弱だね——

「悪ぃかよ」

根拠なんざいらねえよ。

俺は信じる。


翌朝になっても慧は見つからなかった。それを聞かされた昊はそのまま臥せってしまった。永人は舎監の深山《みやま》に任せて授業には出たものの、まったく身が入らない。が、それは生徒、そして教師の誰もが同様だった。全員が全員、上の空だ。互いの顔を見合わせては、恐怖と好奇が入り混じった視線を交わし合っている。

昼に部屋を訪《おとな》っても、昊は臥せったままだった。目をぼんやりと開けてはいるが、焦点が定まらない。捜索にも進展は見られず、永人はかける言葉もなく部屋から退出するしかなかった。

そして放課後。急いで身支度を終え、校舎を飛び出した永人は目を瞠った。

寄宿舎の玄関口から二人の人物が出てきた。来碕家の書生の亀井、彼に肩を支えられている昊だ。昊は自力で歩くことができず、亀井に寄りかかっている。永人に気付いた亀井が悲しげに顔を歪ませた。

「昼前に電報が来てね……大先生が急いで車を乗りつけさせたんだ。今、学園長と話が終わって……とりあえず、昊君は家に戻す」

肩を抱かれた昊は反応しない。亀井に促されるまま、気の抜けた顔つきでふらふらと歩いていく。永人は彼らの後を追った。亀井が青ざめた顔でうめく。

「大先生がとにかくお怒りで……警察に知らせないのは何ごとかと。だからこの後、僕たちは警察に行く。そしてことと次第によっては、新聞社や懇意にしている議員に学園側の不手際を訴えることになるのではないかと」

正門前に付けられた来碕家の車の前には、当の栄一が立っていた。厳しい目で現れた孫と追いかけてくる永人、そして背後にそびえる千手學園を睨んでいる。昊が亀井に押されるまま後部座席に乗り込んだ。ぐんにゃりとした人形のようで、なんの感情の動きも見られない。「昊」思わず駆け寄った永人に対し、栄一が一喝した。

「近寄るな！」

雷鳴のごとき一声に永人は立ちすくんだ。そんな永人を一瞥し、ふんと栄一は目をすがめた。

「やはりこうなった。だからあの時、わしは言ったんだ！　こやつは不吉なのだと！」

そう鋭く言い放つと、憤然とした様子で昊の隣に乗り込んだ。強張った顔の亀井が後部座席の扉を閉め、助手席に乗り込む。車が走り出した。

「……昊」

うめいた。あの表情を失くした姿。

なぜ？　なぜこんなことに！

「昊！」

遠ざかる車を追いかけ、走り出した。手に持っていた風呂敷包みが落ち、教科書や学用品が飛び散る。が、耳には下駄の歯が地面を捉える音しか聞こえておらず、気付く余裕もない。

「昊……！」

脳天を突き抜けるような痛みが膝から駆け上ってきた。がくりと目の前が揺らぐ。怪我の完治していない膝が悲鳴を上げたのだ。焦る気持ちに身体が追い付かず、その場に腹から突っ伏してしまう。

砂埃が舞い上がった。口の中がざらざらする。それでも、力を振り絞って叫んだ。

「昊――――っ！」

自分の声が虚空に霧散する。ちっぽけだ。そして無力だ。

仰天した顔の人々が行き過ぎる。誰も彼もが自分を追い越し、置き去りにしていく。遠ざかる車も、無情に視界から完全に消えてしまう。ようやく、よろめきながらも上体を起こすが、地面についた手には力が入らなかった。全身ががたがたと震えている。

どこに行った慧？　誰より大切な弟を置いて！

慧！　昊！

背後に誰かが立った。はっと振り向く。

乃絵だった。血の気のない唇を震わせ、永人を見下ろしている。

「ひ、檜垣君……！」

怯えているように見えた。不安げにも。が、気付くと、彼女の表情をじっと観察している自分に永人は気付いた。黒ノ井の言葉が甦る。

——中庭に立っていた来碕慧が、あの用務員の子だったら？——

「——」

信じるって決めたのに。

裂かれそうな痛みに胸を掴まれた。バラバラになっちまった。バラバラに。

立ち上がった。よろめく足で、こちらを窺う乃絵の傍らを通り過ぎる。「檜垣君、教科書」彼女の声が追ってきたが、振り向けなかった。

なあ、慧。

こんな時こそ、お前のいつものセリフなんじゃねえのか？

少年探偵團の出番だよ！

来碕慧、そして昊を失った千手學園からは、一気に明るさが消えた。
樂園が、崩壊した。

最終話　「また会う日まで」

虫の声が物悲しい。永人は寄宿舎の中庭に立ち尽くし、人工の池を泳ぐ錦鯉を見ていた。初冬の空気は日を追うごとに冷たくなってきている。夏の盛りの騒々しさから、そこはかとない切なさを湛える秋へと変化してきた虫の声も、この頃はよりいっそうはかなげに聞こえていた。

慧、そして昊が消えて半月が経った。依然慧の行方は知れず、千手學園はまるで太陽を失ったかのごとく暗く沈んでいた。あの双子の兄弟の存在が、どれほど学園内を明るく華やかにしていたか。永人だけでなく、生徒や教師の誰もが身に沁みて実感していた。

それだけではない。激怒した来碕栄一が警察、懇意にしている議員、新聞各社に孫の失踪を訴えたことにより事態が明るみに出てしまった。特権階級の子息が集う全国有数の私立学園で起きた生徒失踪事件。新聞各紙は競って煽情的な見出しを付け、慧の失踪を報道した。

蒼太郎の失踪時には、檜垣一郎太を含めた政治的な意図が多分に動き、報道が規制されていた。今まで押さえ込まれていた分、今回の報道は苛烈を極めた。結果、学園側の管理不行き届きの不手際、そして隠蔽体質を糾弾する世間の声は日に日に高まった。この事態に伴い、急遽生徒を休学させる家も出てきた。半月ほどで、すでに十名以上の生徒が学校に来なくなっている。

「永人君」

背後から声をかけられた。振り返ると、潤之助が立っている。彼の人好きする丸顔も、心なしかやつれて見えた。

「いつまでもこんなところに立っていたら風邪ひくよ。それに、もうすぐ夕飯だよ」

言われて、ああ、と周囲を見た。いつの間にかすっかり日が翳り、錦鯉の背の模様も曖昧になっていた。

しかし「うん」と頷いたきり、動く気になれなかった。その間にも、闇はいっそう濃さを増し、永人の視界から光を奪っていく。隣に並んだ潤之助がそっと口を開いた。

「……僕の両親も、しばらく戻ってきなさいって言ってる。だから……今度の土曜にいったん家に帰るね」

彼らからすれば、一年足らずのうちに二人の生徒が行方をくらましたのだ。そう考えるのは当然だ。このままいけば、生徒の休学、退校が相次ぎ、学園は閉鎖を余儀なくされるかもしれない。

ぐすんと鼻をすすった潤之助が、しきりに目を擦り始めた。

「僕ね、永人君のことずっと苦手だった」

「……知ってるよ」

学園に来た当初を思い出す。今もさして変わらないが、当時の生徒らの珍獣を見るかのごとき目つきは現在の比ではなかった。

「だけど、慧が君のことをびっくりするぐらい好きになって……昊も慧につられて君と仲良くなって。慧の大好きな〝少年探偵團〟を名乗ったりして……僕、いいなって思ってた」

そうだ。永人の胸がいっそう苦しくなる。

ここ千手學園で自分がやっていけたのは、慧と昊のおかげだった。あの二人が自分を受け入れてくれたから、この窮屈な学園から逃げ出すこともなく、毎日が楽しいとすら思えるようになったのだ。

それなのに。

震えそうになる声を必死に抑え、潤之助が続けた。

「僕、知ってたんだ。二人が僕と仲良くしてくれたのは、来碕のお祖父様とお父様がそう望んでいたからだって。だから、慧に探偵って呼んでもらえる君がすごく羨ましくて」

「それは違うぞ」

永人の言葉に、潤之助が口を噤んだ。

「ジュン。お前は優しくて公平なヤツだよ。慧と昊は、お前のそんなところを信頼していたと思うぞ」

「……」

「それに、俺は探偵なんかじゃ――」

突き上げる後悔に、またも呑まれそうになる。

嘘でもよかった。お前と一緒にいる。俺は探偵だと言えばよかった。

そうすれば、慧は消えたりしなかったのではないか？

冷たい風が中庭を吹き抜けた。その音ですら自分を斬りつけていく。永人はそれきり何も言えなくなり、闇に呑まれつつある池の表面を眺め続けた。

「そうだ。知ってる？　この頃生徒たちの間で広まってる噂」

「噂……ああ。夜の敷地内を歩く男がいるってやつ？」

『夜歩く男』。慧も言っていた噂だ。胸がずきりと痛む。

永人の表情が動いたのを見て取ったのか、潤之助が少し嬉しそうに頷いた。

「そう。それ」

「だけど男って言われてもなあ。まさか警察官じゃあ……ねえしな」

学園側は世論に押される形で警察に通報した。ただし、学園内に警察を立ち入らせる機会は必要最小限にとどめ、夜間も張り付いている警察官は敷地の外のみだ。事情聴取の場でも、学園側ではなく来碕家に原因があるかのように匂わせているらしい。警察が深入りすることになれば、蒼太郎失踪の件も改めて追及されかねない。それを恐れているのだろう。

ここにきて、『夜歩く男』の噂だ。真偽もあやふやなまま、その影は慧をさらった悪党だなどと尾ひれが付くともう大変だ。噂はさらに暴走し、不審者が新たな獲物を求めて夜の学園内に侵入しているだの、学園を陥れんとする勢力の陰謀だのと果てしなく迷走する。

「……」

慧の声が頭をよぎる。

少年探偵團の出番だよ！

「ジュン」自分を呼ぶ声に、潤之助が顔を上げた。

「何？」

「来碕家に行くことがあったら……昊の様子を見てきてくれねえか」

慧を失い、さらにはあの祖父のもとに戻された彼が心配だ。弱り切った姿で車に乗り込んだ彼の姿を思い出す。とたん、あたり構わず叫び散らしそうになった。

潤之助が真剣な顔で頷いた。

「分かった。なるべく顔を出すようにする。永人君が心配してるって伝えるよ」

先に集会室に行くと言う潤之助と別れた後も、しばし永人はその場に立っていた。中庭はすっかり闇に包まれ、池の中で泳ぐ鯉の姿も見定められなくなってきている。俺も行くか。そう思い、きびすを返した時だった。

盆を両手に持った人物が集会室のほうから歩いてきた。乃絵だ。永人に気付いた彼女もその場に立ちすくむ。二人は無言で見つめ合った。

この半月、乃絵とはほとんど口をきいていない。学園内があまりにあわただしく、不穏だったこともある。が、何より、怖かったのだ。彼女を疑ってしまう自分が。

黒ノ井の言う通り、あの状況では乃絵が慧の振りをしていたという推測が一番しっくりくる。しかしそうなると、慧はその時どこにいたのかという疑問にぶつかる。さらには、それは慧自身の意思だったのか。そして乃絵はなぜそんなことをしたのか？　という疑問にも。自分らを欺き、昊をあんなにも傷付けた。一体、なぜ？

「また学園長の晩飯か？」

けれど、口をついて出たのはどうでもいいことだった。強張っていた乃絵の表情が、かすかにゆるむ。

「うん。今夜も夕飯を運んでくれって頼まれているの」

ここ最近、学園長の千手源蔵は夜遅くまで学園長室に残っていた。何回か、見知らぬ和装や背広姿の男らが出入りしているのを見たことがある。政府関係者かもしれない。

そうか、と言ったきり言葉が続かない。自分をじっと見つめる乃絵の視線を感じる。本当はもっと何か言いたい。互いにそう思っていることが、ひしひしと感じられた。

けれど、続く無言にあきらめたのか、乃絵が小さく「じゃあね」と言った。回廊を行き、寄宿舎から出て行く。永人も彼女に背を向け、集会室へと向かった。

一歩、一歩、二人の距離が離れていく。


翌日の放課後、身支度を終えた永人は一人で教室を出た。一人でいることに慣れてはきたが、こうなると、なぜこんなところにいるのか分からなくなる時がある。

勉強がしたいと思った。知識を身につけ、何か役に立てられないかと。けれど信頼できる誰かと一緒にいることが、よりその意義を際立たせるのだと初めて知った。

たとえ知識を蓄えても、誰かと分かち合わなければ空しい──

「う、わっ？」

突然、伸びてきた手に背後から肩を抱かれた。あわてて振り返ると、黒ノ井がすぐ間近で顔を覗き込んでいた。

「おいおい。浅草からやってきた風雲児、檜垣永人クン。なんだそのしけた顔は」

「下手な呼び込みみてぇですね。俺はそんなご大層なもんじゃありませんよ」

東堂もやってくる。相変わらずの涼しげな佇まいだ。

「やあ千手學園の少年探偵君。折り入って助力を乞いたいのだが」

呆れた。この事態にあってなんと呑気なことを。が、東堂は顔をしかめた後輩に構わず話し始めた。

「昨年の寺地君の件。調べようと思ってね」

「は？　ああ、先輩の部屋に無断で入ったってぇ生徒ですね」

「そう。やはり気になってね。なぜあんなことをしたのか。そして蒼太郎が彼の代役だったことは単なる偶然なのか」

「……慧のことと何か関わりが？」

そう訊ねた永人を東堂がちらと見た。小さく首を振る。

「寺地君の件は、蒼太郎が間諜となって大陸を渡ったことと何か関係があると僕は考える。けれど来碕君のことは、本当に予想外だったのだろう。学園長らの反応を見るに。とはいえもっと大きな、学園ですら要素の一つに過ぎない何かの企図が動いている気がする。そして来碕君はこの大いなる謀《はかりごと》の中に踏み入ってしまったのか、もしくは自分から飛び込んだのか。この全体像を知るためにも、まずは目の前の謎から解いていこうかと思ってね」

「はあぁ。本気で言ってます？　それこそ慧の好きな探偵小説みてぇじゃないですか」

もっとも、自分は最初の十頁くらいしか読んでいないが。

東堂が唇の両端を吊り上げ、ニッと笑った。品行方正な生徒会長らしからぬ、ワルい表情だ。

「探偵小説ではいけないかな？」

「……」

「だとしたら、主人公は君だろう。少年探偵君」

「だから俺は探偵じゃ――」

口を噤む。言えばよかった。

俺は探偵だ。

「――」

頭をかきかき、苦笑した。「で？」ワルの二人組を見上げる。

「どうすりゃいいんですか。まずは去年の事件を解決しますか？」

東堂が目を細める。黒ノ井もにやりと笑うと、ばんと永人の肩を叩いた。

「覇気が戻ってきたな。さっきはしなびた長ネギが歩いているみたいだったぞ」

「ひでえ！」

「言うなれば、僕らは即席の少年探偵團というところだね。この場合、僕と影人が助手になるのかな？　ではよろしく頼むよ、檜垣探偵殿」

颯爽と東堂が歩き出す。助手にしてはずい分と偉そうだ。永人は黒ノ井と並んで彼の後を追った。

淀んでいた空気を、風が動かした気がした。

向かった先は地下の図書室だった。生徒が減っているせいで、ますます閑散と感じられる。それでも広い室内、高い天井、見上げるような書架に詰め込まれた蔵書の数々という眺めはやはり圧巻だ。

その生徒は自習席の隅に座っていた。近付いてきた三人を見て、軽く微笑《ほほえ》む。東堂も小さく手を挙げて応えた。

「待たせてすまない、可賀《かが》君」

東堂、黒ノ井と同じ五年生だ。去年の『建国・五大王』に選ばれた五人の生徒のうち、学園に残っている唯一の生徒だ。

可賀礼知《れいし》。小柄で度の強い眼鏡をかけた地味な風貌は、一見印象に残らない。が、可賀家の現当主、礼吾《れいご》は貴族院最大会派研鑽会《けんさんかい》の中心人物である。実直な山県《やまがた》系勢力として知られる可賀家の真骨頂は、この希薄な存在感にこそあるのかもしれない。一礼した永人は彼の目の前の席に座った。可賀の隣に東堂が、永人の隣に黒ノ井が座る。

「そういえば、檜垣君とちゃんと話をするのは初めてだな。で？　去年の『建国・五大王』について訊きたいことがあるとのことだけど。東堂君」

「そう。一昨年、僕と影人の時は脚本の紛失という事件が起きた。そして今年はほかの生徒を告発するよう迫る怪文書が五人全員に届いていた。こうなると、表沙汰にならなかっただけで、去年も何かあったのではと思ってね。寺地君の事件もあったし」

可賀は首を縦にも横にも振らない。自分から意見を表明することを避けている。大人しそうにしてはいるが、したたかなようだ。慎重な様子で口を開く。

「僕の知る限りの事実を言うよ。確かに僕のもとにも妙な脅迫状が来たよ」

やはり。永人の斜め前に座る東堂の表情も、かすかに動いた。

「確かこういうものだった。ええと……『以下の場所を探せ。露西亜《ロシア》』」

「は？」永人と黒ノ井が同時に声を上げる。

「ロシア？　ロシアって、あのロシア？」

「僕にもそのロシア以外に思いつかなかった。だけどなんのことだかさっぱりで。結局、そのまま放置してしまった」

「ふむ。でもその文面、それだけではないよね」

東堂の言葉に、可賀がかすかに眉をひそめた。

「というと？」

「君は先ほど、受け取ったものを〝脅迫状〟と称した。だけど『以下の場所を探せ。露西亜』だけでは、不気味ではあるが脅迫にはなっていない。続きがあるのだろう？」

確かに。思わず永人が頷くと、可賀が苦笑いした。

「その通り。その文章の後に、まあ、可賀家の外聞の悪いことを暴露するという意味合いのことが続いていたよ。しかし何しろ、文章の意味がまったく分からない。いたずらにしては不気味ではあるが、下手に騒ぐのも得策ではない。結果放置したわけだが……だから特に何ごともなく学園祭が終わった時はホッとしたよ」

東堂の仮説を信じるならば、学園側が脅迫状を送る意図は生徒の資質を試すことにある。本当に醜聞をばらまきたいわけではない。

「先輩以外の四人とその話はしました？」

身を乗り出した永人の質問に、可賀はちらと視線をそらせた。

「その時は何も……ただ」

一度言い淀み、言葉を切る。が、すぐに続けた。

「昨年五年生だった先輩も、五大王役の一人に選ばれていたのだが。彼が卒業間際に話してくれた。やはりほとんど同じ文面の脅迫状を受け取っていたと」

「ほとんど？　というと」

「彼の場合は『露西亜』ではなく、『亜米利加《アメリカ》』だった」

思わず黒ノ井と顔を見合わせた。なんだその文面は。

「んぐふっ」

耳慣れない声が上がった。東堂だ。妙な顔つきで笑いをかみ殺したのだ。

「なんだ広哉、そのにやけ顔。何か気付いたか」

「なるほどね……だから寺地君は僕の部屋に入ったのか」

「は？」東堂以外の三人がそろって声を上げる。可賀がかすかに眉をひそめた。

「どういうこと？　君はこの文書の意味が分かったの？」

「思い当たる節がないではない。まあそれはともかく、五人全員にその脅迫状が届いていたと考えられるな。そしてそれぞれ違う国名が書かれていた」

しかし、可賀の複雑な表情は消えなかった。自分は思い当たらなかったというのに、東堂がこんなにもあっさり気付いたことに自尊心が傷付けられたのかもしれない。

そんな可賀の表情に気付いているのかいないのか、東堂が淡々と続ける。

「しかし、これで寺地君が何一つ申し開きをしなかった理由が分かったよ。脅迫状にはやはり何かしらの不名誉をばらすと書いてあったのだろう。だから持ち出すわけにはいかず、口を噤むしかなかった」

とことん底意地が悪い。寺地某は『五大王』に選ばれたと新聞にも名前が載ったというのに、降板、退校にまで追い込まれたのだ。あまりに気の毒だ。

一方、可賀は即座に頭を切り替えたのか、小さく首を傾げた。

「そうか。寺地君はあの脅迫状の意味を解いたのか。でも……」

「何か思い当たることが？　可賀君」

「いや。寺地君は確かに成績も良くて優秀な生徒だったけれど……なんというか、こういう暗号めいたものが解けるような柔軟さは持ち合わせていない気がしてね。言わば教科書通り、上意下達でしか動かない性格というか」

なかなかに辛らつだ。だが、着眼点は鋭い。

「じゃあ、誰かが一緒に解いた――あ」

つぶやいた瞬間、東堂と目が合う。彼がかすかに頷いた。

寺地のもとに届いた脅迫状を解いたのは、彼の代役だった蒼太郎？

一瞬の沈黙が落ちる。けれど、すぐに東堂が立ち上がった。

「有意義な情報をありがとう、可賀君」

「いやいや。何か役に立てたのなら」

そう答えた可賀の顔つきに、かすかな好奇がにじんだ。

「今頃になって調べているということは、来碕君の件と関係があるの？」

「まだなんとも。今は情報の断片をかき集めているところかな。可賀君も、引き続き何か思い出したらぜひ知らせてほしい」

「それにしても心底同情するよ。こんな状況下で生徒会長職であることに」

ふっと不敵な笑みを浮かべ、東堂が言い放った。

「まさか。ワクワクするくらいだよ」

ずい分と不謹慎な言葉だが、可賀は苦笑いを返した。永人も礼を言い、東堂と黒ノ井の後を追った。そしてふと足を止める。

『千手學園創設史』。

「檜垣君？」東堂が振り向いた。

「どうした？　何か気付いたのかな」

「あ、いや……この学園の敷地って、もとから千手一族のものじゃなかったんですよね？　だったら、その前は誰が所有していたのかなって――」

言葉を呑んだ。東堂と黒ノ井の顔つきが変わったのだ。え？　永人は驚いた。

「……なぜそんなことを訊く？　檜垣君」

「……」

「調べれば分かることだから言ってしまうが、もとの所有者は名古屋羽左衛門《なごやうざえもん》。幕府御用達の商人だった。さあ、これでいいかな。では行こうか」

有無を言わせぬ口調で言うと、二人はさっさと歩き始める。話を切り上げたがっているのは明白だった。なんだ？　永人は訝しみつつ、彼らを追って玄関ホールへ続く階段を上がった。

その時、背後で何かが落ちる音がした。振り返ると、図書室の入り口付近に千手鍵郎が立っていた。猫背をさらに丸め、手から落とした本をあわてて拾い上げている。その眼鏡越しの目が、ちらと三人のほうを窺った。が、自分が見られていると気付くや、そそくさと室内に戻ってしまう。黒ノ井が東堂を見た。

「どう思う。何か話したいことがあるって感じだったな」

「同感だ。でも言い出さないということは……学園側に不利益が生じることなのかな？」

玄関ホールに出ると、永人は教科書一式を入れた風呂敷包みを自室に戻すため、いったん二人と別れた。中庭で落ち合おうと約束し、寄宿舎へ足を向ける。玄関口で靴を履き替え、回廊内に入った時だった。

「檜垣君」

声をかけられた。川名だ。手には一部の新聞を持っている。青白い顔で駆け寄ると、

「あのね」とささやきかけてきた。

「これ、先ほど深山先生の部屋で見かけて……お借りしてきたのだけど」

舎監室に置いてある新聞だ。日付は昨日になっている。川名が一面の記事を指した。

「ここ」

彼の指先にある見出しを見て、永人も眉をひそめた。

丸の内交番襲撃さる！　今年二月の赤坂交番襲撃事件と同グループの犯行か
現場に残された〝同志釈放の要求書〟の全文！

「交番襲撃……？　あ」

寮長だった鳥飼秀嗣の父親、秀勝《ひでかつ》が傾倒していた政治結社による事件のことか。

「二月に逮捕された仲間の政治犯を釈放しろと、また交番を襲撃したということ？」

「そうみたい。しかも、要求を呑まなければ、今度は浅草や銀座、人が集まるところを襲撃すると」

考えるだけでぞっとする。人出の多い場所で、鉄砲や刀などで武装した連中が暴れたらどうなる？

記事によると、政治結社の名は活動家清水白道《しみずはくどう》率いる『黎明舎』とある。同じく社会主義思想に傾倒した竹児鴛《たけじえん》率いる『赤い砂漠』……大悪党、白首《しろくび》がかつて所属していた政治結社……と過激さ、規模において比肩し得る組織とも書いてある。もとは一つの組織だったのが、清水と竹の間で勃発した主導者争いの内紛から分裂したとも。

周囲を見回しながら、川名がそわそわとした様子で言う。

「やっぱり鳥飼君、東京に戻ってきていたんじゃないかな……ど、どう思う檜垣君」

「どうって……これだけじゃ俺にはなんとも」

鳥飼父子はこの『黎明舎』の一部と逃亡したと見られていた。こうなると、学園の近くで鳥飼の姿を見たというのは、川名の勘違いとは言い切れなくなってくる。

しかし永人の答えに、川名はがっくりと肩を落とした。

「そうだよね」

しゅんとした姿に永人のほうがいたたまれなくなる。ここ半月、心労からか彼は明らかにやつれた。生真面目な性格ゆえ、寮長として生徒失踪の責任の一端を感じているのだ。

「ただでさえ大変な時なのに……ごめんね。でも、本当になぜこんな――」

そう言うと、何かに気付いたように顔を上げた。

「そういえば、あの来碕君がいなくなった日の三時限目と四時限目の間。僕、正門のほうへと走っていく檜垣君と来碕昊君を廊下の窓から見たんだ」

「えっ」

永人は息を呑んだ。確かに、四年生の教室は右棟の二階にある。廊下の窓は用務員室が見下ろせる位置だ。川名が見たのは、慧を捜そうとした永人と昊が正門のほうへと足を向けた時のことだ。ということは。

シーツの陰から出てきて、校舎に戻った乃絵の姿を見ている？

「おっ、俺たちが離れた後、干してあったシーツの陰から用務員の子が出てきたでしょう？　ど、どんな格好をしていましたか」

けれど、すぐに怯んでしまう。

学校の制服を着ていたよ。そう言われたらどうしよう。自分で訊いておきながら、耳をふさぎたくなる。

ところが、川名から返ってきた言葉は意外なものだった。

「いいや？　誰も見てないよ」

「えっ？　そんなはずは。あの時、あの場から校舎の中に戻ったはずなんです」

「うーん？」川名がしきりに首をひねる。

「用務員室裏手の洗濯物の干し場のことだよね？　確かあの日、たくさんのシーツが干されていたよね」

「そ、そうです。その陰から」

「いや。僕が見たのは、用務員の奥さんがシーツを取り込み始めたところだけ。その後、あわてた様子で檜垣君たちが戻ってきたんだ。うん。間違いない。ほかには誰も――」

永人の顔色が変わったことに気付いた川名が、不安げに続けた。

「気付いたことがあれば申告するよう言われていたけど、僕が見たのは君たちだけだったから。だから特に何も言わなかったんだけど……まずかった？」

「いや」半分上の空の状態で永人は首を振った。

そんなバカな。誰も出てこなかった？

だとしたら、乃絵はあの時どこへ消えたんだ？　洗濯籠の中も空っぽだったのに？

知らず、眉根にぎりぎりと力が入る。そんな永人を見た川名が、ぽつりとつぶやいた。

「檜垣君。学園から出て行ったりしないよね？」

永人は顔を上げた。

「先輩？」

「こんなこと言うの、先輩として本当に情けないのは分かっているんだけど。でも……檜垣君にはどこにも行ってほしくない。もう、これ以上寂しいのは」

寂しいと口にした川名が、はっと震えた。永人から一歩離れる。

「呼び止めたりしてすまない。ありがとう、話を聞いてくれて」

早口に言うや、きびすを返して去っていってしまった。永人はそれ以上声がかけられず、彼の姿が消えていくのを黙って見送った。

つい先日まで、ここ千手學園は堅牢に守られた一種の樂園だった。それがほんの少しの綻びからみるみる瓦解し、今や不安と不信がはびこる場所へとなり果ててしまった。

あるはずのものが、信じていたものが、こんなにもあっさりと崩れるなんて。

みんな寂しい。みんな、不安だ。

中庭で二人と落ち合うと、東堂は改めて慧が消えた経緯の説明を求めてきた。そこで永人は中庭から校庭へと歩き出した慧が右棟の角を曲がり、程なく昊と永人も彼を追って角を曲がったが、その時にはすでに慧の姿がなかったと説明した。同じ経路を歩き、右棟の角を曲がって講堂と正門のほうをはるか見透かす位置に立った東堂が周囲を見回す。右棟からひょっこり突き出た形の用務員室の裏手にある物干し場を指した。

「で、あそこにシーツがたくさん干してあって、多野さん母娘がいたと」

「檜垣。お前、その時にあの用務員の子の顔は見たのか？」

「見てはいないです。けど……」

シーツの陰から聞こえたのは女の子の声だった。千手學園内で少女の声を持つのは乃絵だけ。だとしたら、あれはやはり乃絵だ。

「そういや、あの子は何歳なんだっけ？　まだ声変わりしていないみたいだが」

乃絵を女の子だと知らない黒ノ井が首を傾げる。確かに、周囲から見れば〝多野乃莉《の》生《お》〟はかなり華奢《きやしや》で幼く見えるはずである。

東堂は相棒の言葉には答えずに、肩をすくめた。

「まあ、蒼太郎の時のことを思い返しても、君たちが見ていた来碕慧君が別人であった可能性は高い。こうなると、やはりこの場にいた多野母娘は怪しいと言わざるを得ない」

「……分かってますよ」

あの後、繰り返し一連の行動を思い返してみた。しかし考えれば考えるほど、多野母娘が関わっているという疑惑は深まっていく。しかも川名の証言により、あの場にいたはずの乃絵が消えたという謎までが加わった。どうなってんだ。どんな奇術だよ？

それでいて脳裏をよぎるのは、永人の膝の怪我をまるで知らない、そして事態に心を痛めているという乃絵の表情だった。「うおお」永人は思わずうめき、頭を抱えた。

俺の目は何を映しているのか？　嘘か？　まやかしか？　それとも願望か？

真実はどこだ？　目に見えない！

苦悶する後輩を見た東堂が小さくため息をついた。

「シェイクスピアの主人公のごとき煩悶だね」

暗号のような意味不明の言葉をつぶやく。三人はそのまま右棟を行き、講堂の脇を通って正門へと足を向けた。

すると、門柱の陰からちらほら顔を覗かせている連中に気付いた。新聞記者か。勝手に出入りしようとする輩が後を絶たないため、今現在、正門は常に閉ざされていた。しかし目ざとく永人らを見つけた彼らが、格子越しに大声を張り上げる。

「生徒の失踪について話を聞かせていただきたい！」

「ここ千手學園が不良生徒の巣窟であるという噂は真実ですか！」

真実だとしても、はいそうですと答えるわけがない。守衛室にいる三宅もうんざりした顔をしている。おそらく、記者連中は三宅が注意しても脅しても退かないのであろう。

「ご苦労様です。三宅さん」

学園関係者の名前を全員憶えている東堂が、如才なく声をかける。三宅は疲れたため息とともに頭を下げた。教師らから事件当日の人の出入りを散々質され、押しかける新聞記者や関係者の応対に明け暮れている老爺は、気の毒に一回りしぼんだように見えていた。

「はい。まったく、この連中は図々しくてかなわない……ああそうそう。檜垣さん」

ふと三宅が永人を見る。「はい？」永人も答えた。

「来碕君と手紙のやり取りをしていた小僧。ヨシ坊？　でしたっけ？　どこかで見たと思っていたのですけど、昨日やっと思い出しましたよ」

慧と手紙のやり取りをしていたという謎の子供のことか。

「以前もここに来たでしょ。三人で押しかけて、檜垣さんに会わせろって暴れてた。あの三人のうちの一人だったんですねえ」

暴れてた。三人。あっと永人は思い出した。

『狼少年團』の七草《ななくさ》たちか。名前は大仰だが、なんのことはない、浅草を根城にしている浮浪児集団である。以前、浅草で少女たちが消えるという事件が起こり、その際に永人に助けを求めて学園に押しかけてきたことがあるのだ。

「えっと、それは七草……一番うるさく喚いていたヤツ……」

「いえいえ。あの悪ガキだったらすぐに思い出しましたよ。じゃなくて、ほら、大人しかったほう。丸顔の……あれっ。いけない、すみません」

東堂と黒ノ井の前で話してしまったことに気付いた三宅が、あわてて口をふさぐ。が、永人には構う余裕がなかった。

丸顔。五平《ごへい》か。五平が慧と手紙のやり取り？　一体どういうことだ？

恐縮する三宅と別れてその場を離れ、校舎へと引き返しつつも、永人は必死に考え続けた。そんな永人の傍らで東堂が黒ノ井を振り返った。

「で？　今日は誰に話を訊くのだっけ、影人」

「えーと。美術の千手先生だな」

千手雨彦。永人はどきりと顔を上げた。

「え、先生に何を」

「あの日、慧君が消えた時分に授業がなかった教師に、何をしていたのか訊いているんだ」

そう言うと黒ノ井と連れ立って歩き始めた。一瞬ためらったものの、永人もすぐに後を追って校舎に戻った。

雨彦とも、授業以外は口もきいていない。ただでさえ、学園祭で怪文書を作成したのは雨彦だと暗に指摘したのだ。顔を合わせづらい。

しかし東堂と黒ノ井の足取りには迷いがない。二人はさっさと左棟一階にある美術室に向かうと、閉ざされた引き戸を軽く叩いた。「どうぞ」こちらも軽い声音が返ってくる。

扉の向こうには、鉛筆を手に自席に向かう雨彦の姿があった。油絵具の一式、イーゼル、石膏像。そんなものが乱雑に置かれた室内はほかの教室とは明らかに違い、浮世離れした雨彦の佇まいをより強調している。現れた三人を見て驚いた顔をした。

「おそろいでどうしたの？」

三人が近付くと、雨彦は手元の画帳をさりげなく閉じた。紙面に描かれていた人物の容貌が永人の目にちらりと映る。髪の長い、洋装の女性だった。

「お時間は取らせません。先生に訊きたいことがありまして」

「訊きたいこと？」

いつもの飄々とした顔つきに、かすかな警戒が浮かぶ。が、慧が消えた時の行動を知りたいと東堂が言うと、すぐに表情を和らげた。

「ああ。僕はここにいたよ。ちょうど注文していた資材一式が入荷した時でね。守衛の三宅さんが連絡をくれて、何度か正門と美術室を往復して運び込んでいた」

「先生も手伝ったのですか？」

「うん。あの日は大八車が出払っていてね。量が多くて、多野君一人では大変だと思って」

「多――」

唐突に記憶が甦る。慧が消える前日、乃絵が雨彦から資材の運搬を頼まれていたことを。

「えっ……て、ことは。乃、いや、多野は先生と一緒に資材を運び込んでいた？　授業中ずっと？」

「そう。資材の整頓も手伝ってくれてね。授業が終わる振鈴の音をここで一緒に聞いたよ」

「――」

体育の授業終わりの振鈴の音を聞いた時、中庭には確かに慧の姿があった。ということは――

あの慧は乃絵ではない！

思わず東堂と黒ノ井を振り返った。東堂が目をすがめる。

「檜垣君。顔。顔。さっきまでと全然違うよ。なあ影人」

「うっわホントだ。台風一過の青空みたいな清々しい顔つきになってるぞ」

「えっ？　え、え？　そうですか？」

顔を押さえた。が、足の裏がうずうずして、腹の底から踊り出しそうな衝動は止まらない。

乃絵は、慧に扮してなんかいなかった！

三人を見回した雨彦が首を傾げた。

「役に立った？」

そりゃあもう！　と叫びそうな永人の代わりに、「それはもう」と東堂が上品に答えた。

「ありがとうございました。少なくとも、先生の証言は可愛い後輩の心を救ったようです」

「そうなの？　それならいいけど」

そう言いかけた雨彦が永人を見た。

「檜垣君。……来碕君とは連絡が取れてる？」

「……いえ。ただ、ジュン、いや、穂田がしばらく家に戻るそうなんで。様子を見てくれとは頼んでます」

「そうか」とつぶやいた雨彦が目を伏せた。が、すぐに顔を上げると、真面目な顔つきのまま続けた。

「ひどいことをした。……本当にすまない」

真意は測れない。が、真剣なその顔に、信頼していた美術教師の面影が戻った気がした。

けれど、永人はふいと顔をそらせた。

「それは俺じゃねえ。あいつに……昊に言ってやってください」

そして頭を下げ、美術室を出た。続いて出てきた黒ノ井が首に腕を回してくる。

「檜垣。あの用務員の子のこと、そんなに気に病んでいたのか」

「影人。多野君だよ。ちゃんと名前で呼ばなければ。ところで檜垣君」

東堂が相棒の手から永人を奪い、肩に手を回してきた。

「喜んでいるところ悪いのだが。そうなると、あのシーツの陰にいたのは誰かということになるよ」

「う」

そしてますます声をひそめ、永人にしか聞こえない声でささやいた。

「君がその謎の人物を多野さんだと疑ったのは、声音が女の子だったからだろう？　だとしたら、それは誰だ？　この学園の中で、ほかにどこに女の子がいる？」

「……」

「おい！　二人でコソコソするな」

顔をしかめた黒ノ井がじろりと睨んでくる。東堂は胡散臭いほどの爽やかな笑みを浮かべて答えた。

「これで多野エマが来碕君失踪に関わっていることが確実になったねって話だ」

「えっ」ぎょっと永人はすぐ間近にいる東堂を見た。彼がまたも大仰に目をすがめる。

「当然だろう。シーツの陰にいたのが多野君でも来碕慧君でもないのなら、まったく別の人物だったということになる。あの状況で、多野エマがそれを知らないなんてあると思うか？　加えて彼女は、檜垣君と来崎昊君が正門のほうへと足を延ばした隙に、多野君があの場を離れたと偽証までしている」

その通りだ。あの慧は乃絵ではなかった。そのことばかりに気を取られ、シーツの陰にいた謎の人物にまで頭が回っていなかった。しかも、川名の証言によれば、この人物もあの場から忽然と姿を消したというのに！

愕然とする永人を見た東堂が、しみじみと首を振った。

「いやはや、恋とは恐ろしいね。見えるものを隠し、見えざるものを見せる」

「恋っ」

「恋？」

「恋」

にやりと笑った東堂が離れた。不思議そうな顔の黒ノ井の肩を抱いて歩き始める。二人の顔を見比べていた黒ノ井が、突然「そういうことか！」と叫んだ。

「檜垣、用務員の奥さんに恋してたのか！　そうか、実は年上好みだったんだな？」

夕飯を載せた盆を手に、彼女が回廊を歩いてくる。今夜も学園長が遅くまで残ることは、東堂に確認済みだ。永人は意を決し、乃絵の前に出た。気付いた乃絵が立ちすくむ。

「多野」

自分を見つめる目が揺れている。動揺する彼女の表情を見ていると、こちらまで緊張してくるのが分かった。

最初から訊けばよかったのだ。慧が消えた時、学園内のどこにいたのかと。そうすれば美術室にいたことが分かり、エマの証言が嘘だったとすぐに判明したはずなのだ。訊けなかったのは、ただただ怖かったからだ。彼女が今回の件に関わっているのではないかと。

だから今度こそ、真正面から向き合う。

「一緒に、慧を見つけないか」

乃絵の華奢な肩がぴくりと震えた。とたん、大きい盆を両手に持ったままうつむいてしまう。永人はぎょっとした。彼女の伏せたまぶたの下から涙があふれ始めたのだ。

「お前、ちょ、夕飯持ったままだぞ」

けれど乃絵の涙は止まらない。仕方なく、永人は布巾がかぶせてある盆を彼女の代わりに持った。乃絵は素直に永人に盆を手渡すと、声もなく涙をこぼし続けた。

「な、泣くなよ」

「泣いてないっ」

いや泣いてるだろ。とも言えず、永人は彼女が落ち着くのを待った。

慧を捜し出すことが、結果彼女の母親を追い詰めることになるかもしれない。だけど、それでも俺は慧を、昊を取り戻したい。そして乃絵を信じたい。

夕刻の闇はどんどん暗さを増していく。生徒らは全員、集会室で夕飯を食べているはずである。

「……檜垣君が来るまで、私とまともに口をきく生徒は一人もいなかった」

やがて、頬を濡らす涙を袖で拭うと、乃絵がぽつりとつぶやいた。永人は盆を手に立ったまま、黙って耳を傾けた。

「私はこの学園の生徒にとって、存在しないも同然だった。ほうきやバケツと変わらない。だから檜垣君が初めてだった。私とちゃんと話をしてくれたのは」

「……」

「そしたら、来碕君たちとも仲良くなれて……私、すごく嬉しかった。毎日が楽しくなった。だから。だから。だから」

いったんは止めた涙が、またほろほろとこぼれ落ちる。

「なんでこんなことになっちゃったんだろうって……！」

胸を衝かれた。彼女の味わってきた寂しさが、大波のように永人の心身をさらう。けれど泣く彼女を前に何もできない。かけるべき言葉は見つからないし、両手はこの鬱陶しい盆でふさがっている！

「えっ、えっ、えらっ、えらえらっ」

「えらえら？」

「選べよっ。慰める。話を聞く。そばにいる。どれがいい！」

素っ頓狂な声が回廊に響いた。母の千佳に伝授された、「女性に泣かれた時の対処法」だ。

が、乃絵はまた目元を乱暴に擦ると、ふんと胸を張った。

「だから泣いてなんかいないってば。檜垣君こそ、来碕君たちがいなくて寂しいんでしょ」

「は、ハア？　べべべべ別に寂しくなんか」

「よし、じゃあ仕方ないな。檜垣君のためにもお兄ちゃんを一緒に捜し出そう！」

そう言うと、永人の手から盆を奪った。回廊をさっさと歩き出す。ぽかんと見送る永人を振り返ると、小さく笑った。

「明日からまた忙しくなるよね。千手學園の少年探偵クン」

外灯に淡く照らされた笑顔が目に焼き付く。目元はまだ潤んでいた。かすかな光を映し、彼女自身が輝いて見えている。知らず、永人は大きく頷いた。

探偵なんかじゃない。その思いは今も強くある。

けれど乃絵があの笑顔を見せてくれるなら、探偵も悪くない。

ところが翌日。事態は急変した。

朝から正門付近が騒がしい。ここ最近は学園を取り巻く喧騒は多少落ち着いていたのだが、慧の失踪直後のような騒がしさが戻っている。なんだ？　不審に思いながらも教室に入った時だった。

東堂が現れた。硬い顔つきで「檜垣君」と永人を手招く。ただならぬ雰囲気に、同級生らの視線がいっせいに永人へと向けられた。

「来てくれ。学園長室だ」

そう言うと、ほかの生徒らに向かって呼びかけた。

「一時限目は自習になる。全員、教室から出ないように」

廊下に出ると、黒ノ井が三年生の教室と並ぶ一年生と二年生の教室に入り、同様の指示をしているところだった。そして三人で一階へと下り、学園長室がある右棟へと向かう。

「一体どうしたんです？　正門が騒がしいのと関係があるんですか？」

「新聞各社にとんでもないものが送り付けられてきた」

答える東堂の眉根にしわが寄っている。学園長室に入ると、源蔵を始めとした千手一族の教師らがそろっていた。隅にぽつりと立つ千手鍵郎の姿もある。

入ってきた永人を見た五之助が眉をひそめた。

「東堂君。なぜ檜垣君まで」

「彼にも話を聞いてもらうべきだと僕が判断しました。檜垣君は内情もある程度は把握していますし、来碕慧君とも親しかった」

慧の名前にさっと血の気が引く。

「慧に何かあったんですか？」

集まった面々にちらと視線を走らせた源蔵が、深々とため息をついた。

「懇意にしている記者から極秘に連絡がきた。今朝、新聞各社にとある文書が投げ込まれたらしい」

「文書？」

「『二月ニ逮捕シタ『黎明舎』ノ構成員ヲ即刻釈放セヨ。サモナクバ、カドワカシタ千手學園生徒ヲ殺害ス』」

息を呑んだ。『黎明舎』。つい最近も交番を襲い、脅迫文を送り付けてきたばかりだ。

顔をしかめた五之助が憤然と腕を組んだ。

「では、そいつらがさらったということなのか？　来碕慧を」

「ですが、あんな暴力的な集団が学園内に潜り込んだとは考えづらいですよ」

古典教師、千手由久《よしひさ》が青ざめた顔でつぶやいた。浮世離れした感じが雨彦とよく似ており、人気の女形《おやま》を思わせる風貌の教師だ。

「しかし現にこうして『黎明舎』を名乗る連中から」

「どうするんです？　このままでは、明日の新聞にまたあることないこと尾ひれが付いた状態で記事が出ますよ！」

「ええい！　まったく次から次へと、どうなっているんだ」

「――何か面白いことでも？　千手先生」

すると、口々に議論を始める教師らの間を、涼やかな一声が裂いた。

東堂だ。見ると、部屋の隅をじっと睨んでいる。その視線の先に立っているのは、先ほどから議論にも加わらずにいる千手鍵郎だった。唐突に声をかけられ、顔を赤くしてうろたえている。

「えっ、えっ、あのっ」

「失礼。ずい分と楽しそうに笑っておられるものですから」

楽しい？　笑う？　この状況で？　部屋中の人間にいっせいに見つめられた鍵郎の顔色が、今度は青くなる。

彼のほうへと一歩踏み出した東堂が、やけに穏やかな声音で続けた。

「そういえば、昨日も僕たちに話があったのではないですか？」

「なんだ。何か知っていることがあるのか？　だったら言いたまえ！」

権高《けんだか》に源蔵が怒鳴る。鍵郎の全身がひゅっと縮こまったのが分かった。学園に不利益なこと。東堂の言葉を永人は思い出した。

しばし周囲をおどおどと見ていた鍵郎が、やがて口を開いた。

「が、学園祭の日、来碕慧君が、お、男と図書室で話し込んでいるのを見ました」

思いがけない言葉に、全員があっけに取られる。「男？」五之助が顔をしかめた。

「ど、どんな男だ？　来碕家の人間ということはないのか？」

「洋装の……年は二十代後半から三十歳といったところでしょうか。家族、身内というほど親しい感じではありませんでした。それに……あの男、見たことがある気がします」

「なっ？　なぜすぐに言わなかった！」

源蔵の怒号が響く。が、鍵郎は怯まずに淡々と答えた。

「何を探しているのか分からなかったものですから」

ぎくりと源蔵の肩が震える。……図書室の怪人。とっさに、永人の脳裏にその言葉が浮かぶ。

千手源蔵には、横恋慕した若い女性を娶《めと》るため策略を巡らせたという過去がある。その証拠となる文書が、図書室の蔵書のどこかに挟んであると思い込んでいるのだ。

だが、これはすべて鍵郎の作り話なのではないかと永人は疑っている。自分を冷遇し、蔑む千手一族への彼なりの復讐なのではないかと。

「……」

そうか。鍵郎が今まで黙っていた意図が見える気がした。

「何を探しているのか〜」というのは体のいい言い訳だ。彼は学園に、学園長に不利益だから黙っていたのではない。

学園に〝有益な〟情報だから黙っていたのだ。

鍵郎の証言に、教師らが顔色を変えた。

「み、見たことがあるとは……知り合いということかっ？」

「顔見知りというわけではありません。誰かに似ていると感じただけです」

「そんな……すぐに言ってくだされば、捜索の手がかりになったかもしれないのに」

普段は温厚な由久ですら咎めるような声を上げた。一方の源蔵は強く言えないせいか、むっつりと黙り込んでいる。「すみません」と頭を下げた鍵郎の口元が、ほんの一瞬、にたりと笑んだ。学園長の弱みを巧みに利用し、自分を安全圏において高みの見物といったところか。陰湿だが、上手い。永人は感心するやら呆れるやら複雑になった。

東堂と黒ノ井が顔を見合わせる。

「その男が『黎明舎』の構成員かもしれないということか」

「だからって学園内で遭遇した生徒を後日さらうって、かなり難易度が高いぞ。これはやっぱり、内部に通じている者がいて手引きしたと考えたほうがいいな」

二人がちらと永人を見る。多野エマのことだ。

「――」

慧と話し込んでいたという男。

とたん、永人の脳裏にある家の名が浮かんだ。

天野原《あまのはら》家。もとは華族と思しい同家は知人が巡らせた奸計《かんけい》に陥り、財産のほとんどを失うという奇禍に見舞われた。当主には二人の子供がいたのだが、すでに二人とも出奔しており、結果天野原家は断絶してしまう。

この二人の子供のうち、一人が多野エマだ。そしてもう一人が――

天野原健人《たけひと》。

海軍大臣の子息までも動かし、図書室の地下室について知りたがっていた男。

永人の思考が目まぐるしく動き始める。

急に地下の存在を探り始めた慧。彼が図書室で話し込んでいた男とは健人なのではないか？

「！」

三宅から聞いた話を思い出す。慧と手紙のやり取りをしていたという五平。

五平ら狼少年團は、現在は乙女座で世話になっていると聞く。座の主宰者は比良坂桃子《ひらさかももこ》。

そして浅草の少女たちをかどわかす『太洋館』騒動の時、彼女と一緒にいたのは――

健人と行動をともにしていた一馬《かずま》！

「せ、先輩っ。外出していいですかっ」

突然飛び上がった永人を全員が不審な目で見る。

「外出？　この状況で？」

「確認したいことがあります！　大至急！」

乙女座に行こう。比良坂桃子に会うのだ。

慧の居場所が分かるかもしれない！

「では僕も行こう」

東堂が横から口を挟む。「俺も」と黒ノ井が続くが、永人はとっさに首を振った。

「いや。ここは俺一人で」

比良坂桃子が何らかの形で関わっているとしても、その影響が乙女座の子供らに及ぶのは避けたい。まずは自分だけで彼女に会いたい。

ところが案の定、東堂は不満げに顔をしかめた。

「君一人で？」

「それに、正門には記者がたむろしているぞ。どうやって学園から出るんだ、檜垣」

「心配ないです。連中に見つからないよう、学園から外に出る手段はあります」

例の西側の塀沿いの木に括り付けてある投げ縄を思い出していた。

まったく、便利なものを付けてくれたぜ。乃絵のことを思い、永人は独り笑った。

徒歩で四十分ほど、浅草の駒形に乙女座はある。白い板壁と緑の切妻屋根の色合いが鮮やかな平屋建ての建物は、座員らの住居としても使われていた。単身訪れた永人は、正面玄関の扉を二、三度叩いてから引き開いた。

扉を開けるや、中にいる少女らの視線がいっせいに向けられた。中には悲鳴を上げた者までいる。すぐに良からぬことが起きたのだと察した。普段は座員が寝起きするための畳が土間に敷かれているとのことだが、その畳が乱れている。四隅に置かれている衣装箱代わりの行李《こうり》がひっくり返され、壇上のオルガンも倒されていた。

「檜垣さん」

隅に固まっている少女らの真ん中に、桃子がいた。永人は目を瞠った。

寝間着姿のままの顔にはうっすらと青黒い痣《あざ》が浮かび、手首には包帯が巻かれている。

「い、一体どうしたんです？　何がありました？」

駆け寄った永人を少女らが取り囲む。ちょっとの間も桃子から離れたくないという感じだ。『太洋館』騒動の時に知り合った駒《こま》、もと秋谷《あきたに》子爵邸の下女だった玉《たま》もいる。少女らに紛れ、『狼少年團』の七草たちもいた。彼らの顔、手足にもひっかき傷が残っている。

「何があったんだよ七草。みんな無事なのか？」

「夜中に、妙な男たちがいきなり入ってきたんだ」

硬い顔で話し出した七草によると、深夜に男らが集団で襲撃してきたという。

「俺らも嚙みついたり蹴ったりしたんだけどよ」

「しかも桃子先生の顔を殴ったヤツがいたの、許せない！」

「マー兄さんと桃子先生がやっつけてくれたから、アイツら逃げてったんだけど」

永人の様子を怖々窺っていた少女たちが、七草につられていっせいに話し出す。やけに饒舌《じょうぜつ》だったり泣き出したり、誰もが興奮状態だ。

マー兄さんとは、今は姿の見えない一馬のことか。それにしても、襲撃者の目的はなんだ。慧の件と関係があるのか。だとしても、なぜ乙女座を襲う？

一人の少女が声を上げた。

「あいつら、〝あのガキはどこだ〟って叫んでた」

あのガキ。はっと永人が息を吞んだ時だ。

舞台袖の扉が開いた。三人の男が入ってくる。先頭に大柄な男、彼の背後に中肉中背の学生服姿の若い男二人が続く。

大柄な体軀の男が一馬だ。健人とも、そして桃子とも関わる人物。彼も永人を見てぴくりと眉を動かした。「マー兄さん！」一馬の姿を見た少女らがいっせいに駆け寄る。

「怖かった、怖かったよぉ」

「もう大丈夫？　もう平気？」

口々に訴える彼女らの頭を撫で、一馬はぼそぼそとつぶやいた。

「大丈夫だ。もう怖い目には遭わせない」

不愛想な声音だが、誠実だ。桃子の視線に気付いた彼が、背後に立つ若い二人を顎で示した。

「そこで会った。片付けに男手がいると思って」

頷いた桃子が二人に向かって小さく頭を下げる。対する男二人も、無言で頭を下げた。

学帽を目深にかぶっているせいで、面立ちはよく分からない。

永人の傍らに立つ七草がこっそりと耳打ちしてきた。

「あいつら、俺たちとはちっともしゃべんねえの。いけ好かねえ」

「あれは誰だ？　比良坂さんの知り合いか？」

「うーん、よく知らねえ。何日か前から、たまに乙女座に顔を出す」

桃子と永人の目が合った。彼女が静かに立ち上がる。

「場所を変えましょう。檜垣さん」

そう言うと少女らや七草たちを見回した。

「皆さん。片付けを始めましょう」

けれど、子供たちはまだ不安げだ。桃子はそんな彼女らを再びゆっくり見回すと、にこりと笑った。

「大丈夫です。一馬も言っていたでしょう？　もう恐ろしいことは決して起きません。私が約束します」

「先生……」

「私の命に代えても。皆さんを傷付けるようなことは、金輪際させません」

力強い声だった。堂々としたその姿には永人も圧倒されてしまう。ようやく安心したのか、少女らが顔を見合わせ、笑顔になった。乱雑に散らかった畳を起こし始める。

桃子について建物の外に出た。ちらと背後を窺うと、一馬、そして謎の二人がじっとこちらを見ていた。その視線を背に扉を閉めた永人は、ふっと息をついた。

「みんなに怪我がなくてよかった」

桃子は答えない。それでも永人は続けた。

「〝あのガキ〟ってのは、誰のことです」

「……」

「千手學園の生徒が失踪したことと関わりがある？」

「……」

「比良坂さん。あなたは『黎明舎』と関係があるのか？」

その名を聞いた桃子の眉根がぴくりと動いた。不審げに永人を見る。

「『黎明舎』……」

「ええ。今朝、新聞各社に『黎明舎』の名で文書が届けられた。『構成員を釈放しなければ、来碕慧を殺す』と」

桃子の目が大きく見開かれる。その驚きに偽りは感じられなかった。永人はさらに身を乗り出した。

「教えてください。慧の行方を知っているんですか？　もしかして、この乙女座が襲われたことと関係があるんじゃねえんですか？」

「……」

「俺ぁ慧を取り戻したいだけなんだ。そして乙女座のみんなも守りたい。あの子たちはみんな、あなたを心から信頼している。俺はあの子たちから、そしてあなたから居場所を奪うような真似がしたいわけじゃねえ」

「あなたには何ができる？」

不意に問いかけられた。「えっ？」永人は目を見開く。

桃子の口元が、かすかに笑んだ形を作った。

「聞かせてください。千手學園の鬼っ子。あなたはこれから、何を為したいのですか？」

「……」

何を為すか。

真剣な桃子のまなざしが自分に注がれている。その目を見つめ返しながら、永人も口を開いた。

「……人間ってのは理解し合えないイキモノだとつくづく思いますよ。あの学園に行かなければ、見えなかったことだ」

「……」

「みんながみんな、てめえの理、てめえの正義で動いてんだ。だけど生まれ落ちた環境で、その理に上下や大小ができちまう。上が下を押し潰し、大が小を呑み込む。俺ぁ……あいつが上、こいつが下って分けるのが……いやなんですよ」

「……」

「カッコつけてるからじゃねえ。逆なんだ。誰かを下に見ちまうことで安心する自分もいるんだ。そういう弱さが自分の中にある。それがつくづくいやだと思うから、俺は勉強がしたい」

「勉強」永人の言葉を、桃子が繰り返した。

「ああ。知識を得ると、俺はなんてちっぽけだと痛感できる。世界は信じられないくらい巨大だぞと思うと、もっと知らなければと思う。俺は、子供たち全員に、この知識を得るという経験をしてほしい。それが理解し合えないって壁を乗り越える鍵になる」

生き残りたいのだろう？　かつて東堂に言われた言葉が唐突に甦った。

生き残りたければ、知識を持て――

なんだ。あながち間違っていないじゃないか。さすが千手學園の生徒会長。知らず苦笑いした時だった。

「今夜零時。学園敷地の芥穴があるあたりに来てください。他言無用。必ず一人で」

桃子が口を開いた。芥穴。はっと永人は顔を上げた。が、桃子は背を向けると、閉ざした扉のほうへ手を伸ばした。

「待ってください、それはどういう」

「私には私の使命があります。まずは、ここにいる子供たちを守ること」

そう言うと肩越しに永人を見た。かすかに和らいだ表情を見せる。

「あなたのその〝使命〟。私は決して忘れません。いつか必ず実現させてください」

「……」

「あなたを信じます」

扉を開け、中に消える。永人はその場に立ち尽くした。

使命。思いがけず胸に迫ったその言葉を、永人は反芻《はんすう》した。そうだ。改めて思う。

あの場所に行くまで、考えたこともなかった。自分がどうなりたいのか。何を為すべきなのか。

来た道を遠く見遣った。今の自分にとって、あの場所は確かな標《しるべ》となりつつある。

千手學園。


夜半、永人は足音を忍ばせて寄宿舎を抜け出した。周囲を窺いつつ、敷地の西側にある塀沿いを歩く。さながら、噂の『夜歩く男』そのものだ。

ぱきり、と足元で音が鳴った。小枝を踏んだのだ。思いのほか大きく聞こえ、永人は飛び上がって周りを見回してしまう。

桃子の指示通り、今夜芥穴付近に行くことは誰にも話していない。東堂に話せば同行すると言い出すのは火を見るよりも明らかだし、源蔵は論外。もちろん乃絵にもだ。

比良坂桃子が、さらには多野エマが今回のことにどう絡んでいるのか。その全体像が見えるまでは、うかつなことは決して言えない。

夜陰に沈む芥穴が見えてくる。石塀に穿《うが》たれた四角い穴が、敷地のそこかしこに立つ外灯の明かりにほのかに照らし出され、やけに黒々と見えていた。

穴のそばに立つ。どうやら誰にも気付かれずに来られたようだ。ホッと息をついた時だ。

頭上で空気が動いた。はっと見上げると、闇の中を何か細いものが飛んでくるのが見えた。ピシッと鋭い音を立て、傍らに立つ木の枝に巻き付く。程なく、軽い身のこなしで枝に巻き付けた縄をよじ登り、塀を乗り越える人影が現れた。

「やあ檜垣君。こんばんは」

予想していた人物の登場だった。

天野原健人。エマの弟であり、乃絵の叔父だ。謎の多い人物で、政治結社『赤い砂漠』、かつ探偵小説『夜光仮面』の覆面作家、桂川《かつらがわ》青《せい》鼠《そ》とも何らかの関わりがあると思われる。また、平《ひら》野《の》朱《あけ》鳩《はと》玉《たま》というけったいな名前で探偵を自称してもいた。

「桃子の信頼を得るなんて君はすごいね。さすが千手學園の少年探偵」

軽い口調だが、全身から警戒を発している。二人はしばらく口を噤み、無言で対峙した。その間にも、暗中を渡る風が、木々の梢をいかにも不安げにざわざわと鳴らしていた。

やがて、ふうっと息をついた健人が笑った。塀の上から目の前に飛び降りてくる。

「うん。確かに誰もいないみたいだね」

「比良坂さんと約束しましたから。……健人さん。慧の行方、知ってるんじゃねえですか」

「その前に。『黎明舎』が仲間の釈放と引き換えに、来碕慧の殺害予告をしてきたというのは本当なんだね？」

「……『黎明舎』と関わりがあるのは、あなた自身じゃないんですか？」

訊き返した永人を健人がじっと見つめた。すぐにふいと肩をすくめる。

「冗談じゃない。奴らは主義主張にかこつけ、肥大していくばかりの承認欲求を満たさんとする連中だ。人は群れれば必ず上下の関係が発生する。高邁な理想はいつしか地に堕ち、そうして組織は腐っていく。これは人間という種の生存本能であり、限界なんだろうね」

滔々と語る健人の顔が、ふと曇った。吐き捨てるように「『赤い砂漠』もしかり」とつぶやく。

「じゃあ、新聞社に送られてきた脅迫状には加担していない？」

「当然だ」

「乙女座が襲撃されたことは？　この脅迫状とは関係があるんですか？」

「そこで君に助けてほしい」

唐突に切り出された言葉に、永人は目をぱちくりとさせた。

「助ける？　俺が？」

「そう。乙女座の子たちをこれ以上脅威にさらさないために協力してほしい。君にしかできない」

意味が分からない。戸惑う永人を前に、健人が続けた。

「今回の乙女座襲撃は僕たちにとっても予想外だった。念のため一馬を用心棒代わりに付けておいて本当によかった。桃子だけだったら、どうなっていたことか」

「……」

「『黎明舎』の連中の潜伏先を警察に密告してもいい。が、これでは報復が連鎖するだけだ。そうなると、乙女座はこの先安泰とは言いがたい。そこで檜垣君。〝来碕慧は学園に戻った〟という偽記事を新聞に載せてほしいんだ」

「ハ、ア？」

突拍子もない申し出に声が高くなる。あわてて口をふさいだ。

「んなっ、何言い出してんですか？　慧が戻ったってぇ偽記事？」

「そう。学園長の伝手《つて》を使えば、記事の掲載はさして難しくない。〝感激の再会！〟とかなんとか銘打って、同級生と涙の再会をしている来碕慧の写真を載せてほしい。『黎明舎』の連中も、まさか僕が学園生徒と通じているとは思わないだろうから、信憑性は十分だ。あ、でも影武者はダメだよ。連中、慧君の顔をとっくに知ってる可能性もあるから」

「ばっ……バカなこと言ってんじゃねえ！　どうやってそんな写真を」

「できるでしょ。傍から見れば、見分けがつかないほどそっくりなもう一人の来碕君がいるんだから」

ぐっと息を呑んだ。昊。

「そしてこの来碕昊君を説得できるのは、君だけなんじゃない？」

「……」

「昊君にも協力してもらい、来碕慧が学園に戻ったと思わせることで、『黎明舎』の連中にこれ以上乙女座をつけ狙っても無駄だと知らしめてほしいんだ」

「そっ、それはつまりっ、乙女座に慧がいるってことかっ？　や、やっぱりあんたが」

必死に記憶を巡らせ、乙女座の内部を思い出す。あの中に慧はいたか？

「で、ここからが本題」

泡を食う永人の眼前に、健人が人差し指をピンと立てた。

「学園長に伝えろ。僕を地下に入れろ。来碕慧の身柄と交換だ」

息を呑んだ。地下。

「立ち会うのは、そうだな、君と、現陸軍相の令息のみ。それ以外は認めない。あと、もちろん警察に通報するなんて論外だ」

「あんた……そのために慧を……」

「その通り。だけどどこから情報が漏れたのか、『黎明舎』の連中にまで慧君のことが知られてしまってね。『黎明舎』と『赤い砂漠』は分裂したとはいえ、狭い世界だ。情報が筒抜けなんだ。これは僕も油断した。主要構成員が逮捕され、日に日に組織が弱体化している『黎明舎』は、焦るあまりに慧君の身柄を横から奪って人質にしようと画策したんだ。そこで僕が通じている比良坂桃子主宰の乙女座を襲撃した。女子供ばかりと思い込んでいただろうから、撃退されるとは思いもよらなかったようだが。それが証拠に、先に新聞社に脅迫文を送り付けてしまうというヘマをやらかした」

呆然とする永人をよそに、健人が枝に括り付けてある縄を手繰った。ひょいと幹に足をかけ、木を登り始める。「ま、待て！」永人はあわてて駆け寄った。

「どうやって？　どうやって慧を、あの時」

「ええ？　それは自分で考えてよ。探偵でしょ。ああ、言っておくけど、乙女座は今現在空っぽだからね。昼のうちに全員をある場所へ避難させた」

「あ、ある場所……？」

「では檜垣君。今言った偽記事を載せてくれたら、また連絡する」

「もしもできなかったらっ？」

枝に巻き付けた縄を解き、石塀にひょいと移った健人が振り向いた。淡い光を背にしており、表情が分からない。けれど、目だけがぎらりと光ったように見えた。

「慧君は、一生戻ってこないかもね」

言葉を失う永人を尻目に、健人はひらりと塀の上から飛び降りた。そのまま走り去ってしまう。彼の足音が夜陰に溶けていく気配を感じながら、永人はいつまでもその場に立っていた。

地下。千手學園の地下室。

ぞくりと冷たいものが背筋を走る。ここまでして知りたいあの場所に、何があるというのか。

風が吹いた。永人はぎくりとする。足の下に鼓動を感じた気がしたのだ。聞こえるはずのない咆哮《ほうこう》が耳に響く。

棲んでいるのは、千手學園という化け物。

翌朝、空が白み始めるのを待って、四階にある東堂の部屋を訪った。しかし扉を何度か叩いても反応がない。そこで今度は隣の黒ノ井の部屋を訪った。こちらは二、三度叩くうちにすぐに出てきてくれた。半分しか目を開けていない状態で、ぼそぼそとうめく。

「びっ……くりした……夢に出てきた伯爵令嬢が本当に来てくれたのかと……」

「令嬢じゃなくてすみませんね！　せ、先輩、東堂先輩を起こしてもらえませんか。火急の用件なんです」

永人の様子に、黒ノ井の顔つきがみるみる覚醒する。寝間着姿のまま廊下に出ると、ノックもせずに東堂の部屋の扉を開けた。

「広哉、起きろ！」

そして目を丸くする永人を振り向く。

「こいつは朝が弱いんだ。大体いつも俺が起こしてる」

「そ、そうなんですか……意外……」

「広哉、檜垣が話があるって言ってるぞ。起ーきーろ！」

脳がこぼれるのでは？　という勢いで、黒ノ井が布団の上から東堂をゆさゆさ揺さぶる。すると、埋もれるように布団にくるまっていた東堂が、白い指先をふらふらと布団から出して黒ノ井を手招いた。「あ？　なんだ？」彼が耳を寄せる。

ぼそぼそと低い声が聞こえてきた。黒ノ井が永人を見る。

「三分廊下で待ってろってさ」

なんだそれ。が、永人は素直に部屋を出た。回廊に立ち、ふと東堂の部屋番号を見る。『0』。そういえば、隣の黒ノ井の部屋番号は『74』である。そのまた隣は『1105』。四階は番号の数字がまるでバラバラなのだ。まったく、この寄宿舎は二階から四階までヘンな部屋番号ばかりだ。

きっかり三分後、扉が開かれた。向こうには寝間着姿のままではあるものの、いつもの颯爽とした東堂広哉が立っていた。髪もぼさぼさの黒ノ井と違い、ちゃんと整えられている。

「やあおはよう檜垣君。待たせてすまない」

「……カラクリ人形か。面白すぎて感動すら覚えますよ」

しかしその爽やかな顔つきも、永人の話を聞くうちに曇り始めた。

「つまり来碕昊君に協力してもらい、慧君が戻ってきたように装う偽記事を新聞に掲載する。その上で、慧君の身柄と引き換えに、あの地下室に入れろと。立ち会いは僕と檜垣君」

「そうです」

「で、その首謀者が誰なのか今は言えないと」

「……言えません」

天野原健人のことをつまびらかにすることで、乙女座に何らかの影響が及ぶことは必至だ。しかもそれは、乙女座に限らない。

多野エマにも。そして乃絵も。

眉をひそめ、しばらく考えていた東堂が顔を上げた。

「影人、多野さんに言って校舎の鍵を開けてもらえ。学園長室に行くんだ。学園長は今夜も泊まり込んでいるはず。彼を起こして、今の話を伝えるんだ。そして早急に懇意の新聞社に渡りを付けさせろ。明日の新聞には偽記事を載せたい」

「分かった。お前は？」

「僕は檜垣君と一緒に来碕家に向かう」

「えっ？」永人はぎょっとした。

「先輩も？」

「いやとは言わせないよ。昨日だって君一人で外出して、結果このようにわけの分からない事態に陥っているんだ。今日こそは僕も一緒に行く」

毅然とした口調、顔つきは譲歩しないという決意に満ちていた。恰好は寝間着だが。これは梃子《てこ》でも動きそうにない。仕方なく永人は頷いた。

「分かりました。お願いします。一緒に、昊を連れ戻しましょう」

そして慧のことも、取り戻す。


来碕家は学園から徒歩で三十分ほどの、小石川にあった。「この距離を歩いたのは初めてだ」とは東堂の言葉で、聞けば彼の家も程近い場所にあるという。来碕病院の石造りの重厚な洋館の隣に、平屋建ての日本家屋である来碕邸が並んでいる。どちらも大きく立派で、見ただけで病気が吹っ飛びそうな威圧感があった。

「なんか、すげえな」

そうつぶやきつつ、永人は手に持った藍色のハンケチを見下ろした。

東堂と学園を出る前に、単身厨房へと向かった。朝食の準備を始めていた乃絵に昊を迎えに行くと切り出すと、彼女は目を見開いた。

「私も行きたいけど……あ、じゃ、じゃあ、これを」

そう言った彼女から手渡されたのが、作務衣の下衣のポケットから取り出したこのハンケチだった。

「すぐに洗濯したんだけど。大変なことになっちゃって、返しそびれたままで」

ずっとポケットに入れていたのだという深い青色をしばし見下ろした永人は、洗い場に立つエマも自分をじっと見つめていたことを思い出した。

健人とどれくらい密に連絡を取っているのかは分からない。けれど慧を連れ出すことに加担した以上、桃子を含めた乙女座が絡んでいることも知っているはずだ。彼女たちに危険が及び、そのために昊を引っ張り出すことも、すでに聞いているのかもしれない。

そんなエマを振り返り、乃絵は言った。

「今朝はたまたま、芳江《よしえ》おばさんたちの誰も来られないんだよね。誰かに頼めればよかったんだけど、芳江おばさんとこのミヨちゃんもダメで……そういえば」

芳江とは近所に住む主婦だ。生徒の洗濯物を引き受けたり、こうして厨房の手伝いをしたりして手間賃を稼いでいる。

「そういえば、この前初めて見る女の子が来てたね。あれ、誰の娘さんだったの？」

「ああ、どこの子だったかしらねえ」

大根を剥き終えたエマが厨房の隅に行く。積み重ねられた木箱の中から人参を摑み出し、片手で支えた割烹着の裾の中にどんどん落としていった。それから裾で風呂敷のように人参を包むと、洗い場に取って返した——

「あれ？」

そこまで思い出した永人は、さらに記憶を遡らせた。慧が消えたあの瞬間だ。右棟の角を折れた慧。大量のシーツ。空っぽの洗濯籠。そして手品のごとく消えた、シーツの陰にいた謎の人物――

「！」

とたん、脳裏に一点の光が閃く。ハンケチを握り締め、びくりと身体を震わせた永人を、東堂が不思議そうに振り返った。

「檜垣君？　どうした」

「……そういうことかよ」

分かった。慧の、いや、正確には慧に扮していた人物の消失方法！

「何か思い出したことでも？」

「えっ！　あ、い、いや、何でも」

しかしそれは後回しだ。今はとにかく、健人の要求を遂行しないと。

東堂は後輩の見るからに不審な言動を見下ろしていたが、すぐに息をついた。

「では行くよ」

口を開くと同時に、ためらいなく来碕家の敷地に踏み込んだ。病院と邸宅は高い生垣で仕切られており、来碕邸のほうは剪定《せんてい》された庭木が秩序だって配された造りになっていた。完璧な眺めだが、きれいに整いすぎていて、どことなくよそよそしい。栄一のいかにも四角四面な佇まいを思い出した。

　飛び石が配された前庭の向こうに、これまた重厚な造りの格子の引き戸が現れる。その戸を東堂が叩いた。早朝、約束もなし。人の家を訪うには非常識極まりないが、臆する様子はまるでない。最初は渋々だったが、彼と一緒に来て良かったと永人は思った。自分だけだったら、うろたえるばかりでなかなか先に進めなかったかもしれない。

　静まり返った邸内からは反応がない。それでも、東堂はうるさすぎない音量で、けれど執拗に戸を叩き続けた。

　やがて、戸の向こうに人の気配が動いた。永人も息を呑む。

　細く開かれた戸の隙間から、覚えのある丸眼鏡が覗いた。書生の亀井だ。

「はい。どちら様でしょう」

「朝早くに申し訳ありません。千手學園の生徒会長、東堂広哉と申します。早急に昊君にお目にかかりたく、失礼を承知で参上いたしました」

　驚いた亀井の視線が、背後に立つ永人に移る。

「檜垣君」

「いきなりすみません、亀井さん。どうしても昊と話をしなくちゃならねえんです。お願いします。会わせてもらえませんか」

　亀井の瞳が揺れる。戸惑った表情で中を振り返った時だった。

「誰だ」

しわがれた声が奥から聞こえてきた。亀井の背筋がピンと伸びる。

広い玄関室に来碕栄一が現れた。寝間着に丹前を羽織り、寝起きであろうにその様子にはたるんだところが一切ない。

「こんな時間になんと非常識な。即刻お引き取り願おう」

「おはようございます来碕先生。千手學園生徒会長、東堂広哉と申します。失礼は重々お詫びします。喫緊《きっきん》の用件で、来碕昊君に会いたいのです。どうかお取次ぎ願えませんか」

うろたえる亀井を押し退け、東堂が玄関に入る。永人も勢いで敷居をまたいだ。

栄一の目尻がぴりぴりと吊り上がる。

「千手學園はならず者の巣窟か？　来碕家から大切な跡取りを奪ったのみならず、家にまで踏み込むと？　帰れ！　警察沙汰にされたいか？」

「来碕慧君に関してお話があります」

慧の名前に栄一が目を見開いた。遅れて出てきた来碕是助も亀井も顔色を変える。

「犯人側が慧君解放の条件を出してきました。それには昊君の助力がなんとしても必要なのです」

「……どういうことか」

「申し訳ありませんが詳細は申し上げられません。それも犯人側の要求なのです。ですがことは一刻を争います。彼に会わせてください」

東堂が頭を下げた。永人も彼に倣う。

頭上で栄一がふっと息をついた気配がした。

「あれは不吉な子供だ。生まれついた時からそうだ」

その言葉に永人は頭を上げた。「お義父さん」是助が青ざめた顔でうめく。

「だが慧が戻ると言うのなら、あれと話をさせよう。亀井。昊を」

「――違う」

声が永人の口をついて出た。震えていた。

「違う。あいつは不吉なんかじゃねえ」

栄一をぎっと見上げた。上がり框《かまち》から見下ろす栄一の目も鋭さを帯びる。

「あいつは……昊はみんなに好かれていた。信頼されていた。優秀で一見冷たいけど優しくて、誰より慧をいつも大切にして」

「待て檜垣君、今は」

制しかけた東堂の手をすり抜け、永人は栄一のほうへ詰め寄った。

「テメエ不吉の意味取り違えてんじゃねえのか？　生まれた時二人だった？　ハア？　そんなの跡取りが増えた、あんな可愛い顔が二つもそろってめでてえなって喜ぶところだろうよ！　ケチくせえ、浅草寺の賽銭泥棒だってテメエの子供は可愛がるぜ！　なんなら昊に観音百箋のみくじ、百回引かせてみるか？　アア？　昊だったら全部大吉を出すぜ！

それくらい昊はすげえんだよ！　分かったかこのクソジジもがぁ」

クソジジイの語尾が潰れたのは、取り押さえた東堂に口をふさがれたせいだ。しかし興奮が冷めない永人は彼の腕の中で暴れ回った。

「何すんだ、放しやがれ！」

「事態を悪化させるな単細胞！　先生、今の発言はご放念ください、彼は寝ぼけていて」

「寝ぼけてねえ！　俺ぁ一度このジジイに」

「昊君！」

亀井の声が上がった。全員がはっと息を呑む。

玄関から延びる廊下の突き当たりに、昊が立っていた。「昊！」永人は東堂を振り払い、上がり框に駆け寄った。

「学園に戻ってこい昊！　お前がいれば慧が戻ってこられる！　一緒に学園に帰ろう」

「行かない」

ところが、青白い顔で永人を見つめ返した昊がぼそりとつぶやいた。「え？」永人は目を見開いた。

「なんだって？」

「僕は学園に戻らない」

「……何言ってんだ。お前が来てくれなきゃ、慧が」

「だからだよ。慧がいなくなれば……僕が正解になる」

息を呑んだ。「昊」是助が震える声でうなった。

「……テメエ。冗談ならそれくらいにしておけ。怒るぞ」

「冗談なんかじゃない。僕は医者になる。そうして来碕病院を立派に継いで、正解の人生を――」

昊目がけて飛び出した。下駄履きのままぴかぴかに磨き上げられている廊下を走る。

「檜垣君！」東堂の声が背中を追ってきた。

昊の襟元を力任せに掴んだ。とたん、ぎょっとした。彼の身体がやけに薄く、軽くなっている。そのまま二人して折り重なるように廊下に倒れ込んだ。

「テメエ……撤回しろ！　今の言葉、撤回しろ！」

その細い身体の上に馬乗りになり、襟元を激しく揺さぶった。すると、柔らかさを失った彼の頰の輪郭が、なぜかぼやけてきた。見開かれた昊の目元に、ほた、と雫が落ちる。

「なんで、檜垣が泣くんだ……」

「テメエが、昊がそんなことを言っちまったら、俺は……俺はもう二度と人が信じられなくなる！　人間が嫌いになる！」

「……」

「正解とか不正解とかあるわけねえだろ！　戻ってこい昊。千手學園に。慧を取り戻して、お前と、多野と、また一緒にいよう。だって俺たち——」

言葉が続かない。昊を追い詰めたものをなかったことにできるほど、自分は強くない。少年探偵團だろ？

補えるほど賢くもない。そのことを痛感する。

それでも俺はこの手を放さない。永人はうめいた。

「さらってでも連れて行く」

永人を見つめていた昊の目から涙があふれた。「だって」嗚咽《おえつ》混じりに口を開く。

「もう僕……生きていけないんだ」

「昊」

「慧を守れなかった。守るって決めたのに、だから、僕……もういい人間になるしかないんだ！　正解で、役に立つ人間になるしか生きていく方法がないんだ、だけど、だけど」

昊の顔がさらに歪んだ。

「檜垣……僕、本当はもう、生きてちゃいけないんだ」

「……昊」

「こ、こんな……こんなひどいことを考えるなんて、慧が戻ってきたら、僕はまた価値がなくなるなんて、慧が戻らなければなんて、そう考えてしまう自分がいる！　ひ、檜垣、僕は、僕はもう生きる価値がないんだ！」

「バカ野郎！　慧と同じくらい、お前だって守られるべき子供なんだよ！　そうしてやっと誰かを守ることができる！　お前はもっと守られるべきなんだ！」

その時、横から伸びた手が永人を強く押し退けた。倒れた昊を抱きすくめる。

是助だった。驚いて固まる息子の身体をしっかりと両腕で抱き締める。

「やりたいことをやりなさい。昊」

「……お父様」

「お前の母さんは、若菜は、いつも言っていた。二つの可愛い寝顔が並んで眠っているところを見ていると、奇跡が起きたように感じると。〝私は自分の身体の中から奇跡を産み落としたのだわ。なんて素晴らしいの。なんてこの子たちは可愛いの！〟」

「……」

「若菜ではない！　〝慶子〟だ！」

顔色を変えて叫ぶ栄一を無視し、是助は息子を抱く手にいっそう力を込めた。

「すまなかった。私は臆病だった。お前たちは今まで、両親を失っていたのも同然だ。だが、私も勇気を出す。昊。私はお前たちの心を尊重する。だから自分のやりたいことをやりなさい。行きたいところに行きなさい。何があろうと、私は、お母さんは、お前たちを見守っている！」

「……」

何かを言いかけた息子を、是助はさらに強く抱き締めた。昊の震える手が、父親の背中に回される。大きな声で叫んだ。

「千手學園に、戻りたい……！」

静かな来碕邸に昊の叫びが響き渡る。永人は振り向いた。目を大きく瞠った東堂が頷き返す。

ふと、持っていたハンケチをぐしゃぐしゃに握り潰していることに気付いた。しまった。

そう思いつつ、父親の腕の中で涙に濡れる昊の顔にそれを押し付ける。

「わっ？」

「多野から預かった。あいつも……待ってる。お前のことを」

自分の涙を吸ったハンケチを昊が見下ろした。それから永人を見上げ、くしゃりとあどけない笑顔を見せる。幼子のような無防備な笑顔だった。

「檜垣こそ、その顔どうにかしろ」

うるせえ。永人もぼやきながら自分の頬を擦った。怒り、悲しみが肌に溶け入っていく。

そして自分の一部になる。

中庭に現れた昊を見て、乃絵はほうきを持ったまま立ちすくんだ。大きな瞳がみるみる潤む。

「来碕君……！」

「ただいま。多野さん」

ちぐはぐな会話だと気付いたのか、昊が照れたように笑う。乃絵は大きく「うん」と頷くと、すぐに目元を拭った。

「お帰りなさい！」

それから永人を見る。

「で？　お兄ちゃんを取り戻す作戦が動き始めるんでしょ？」

「おお。これから学園長と親しくしている新聞社が来る予定なんだ。慧が戻ったって偽記事を書いてもらう。そのために写真も撮る」

昊を連れて学園に戻るや、午前中には記者が撮影機材とともに到着すると黒ノ井から告げられた。聞けば夕方には号外を特別に発刊してもらう段取りで、すでに記事も組み始めてもらっているという。

電光石火、脅威の早業だ。千手源蔵のやり手ぶりを今さらながらに思い知る。とはいえ学園存亡の危機がかかっているのだから、必死にもなるのであろう。

乃絵が真剣な表情で訊いてきた。

「新聞に記事を載せて、その後は？」

「……分からねえ。記事が載ったらまた連絡がくるはずなんだ」

慧を連れて行ったのは、誰あろう乃絵の叔父、天野原健人なのだが。けれど永人は今は何も言わずにおいた。

健人のこと、エマのことは、すべてが終わり学園に日常が戻ってからだ。慧の奪還が何よりも最優先だ。

「昊！」

甲高い声が上がった。振り返ると、潤之助と同級生の二人が回廊で目を丸くしている。朝食を食べ終わり、集会室から出てきたのだ。あわてて駆け寄ってきた。

「も、戻ってきたのっ」

「うん。ただいま、ジュン」

「ホントに、ホ、ホントにっ」

潤之助の目から涙があふれ出す。昊にしっかりと抱き付いた。

「良かったぁ、昊が戻ってきた！」

「ジュン」

「ぼ、僕、土曜に家に帰るつもりだったんだけど……やめる！　昊がいるんだもん！」

「来碕君！」またも回廊で声が上がる。川名だ。驚いた顔つきをすぐに和らげると、安堵した笑みを見せた。久しぶりに見る寮長の笑顔だった。

「お帰り。来碕君」

集会室から出てきた生徒たちが、次々足を止めては昊を見る。「来碕君！」「来碕先輩！」誰もが顔を輝かせて昊を呼ぶ中には、小菅兄弟の姿もあった。「なんだ戻ったのか」などと憎まれ口をたたくと、二人は並んで偉そうに腕を組んだ。

「この状況、まこと気に食わん！　今のままでは日本警察の名折れだ！　さっさと迷惑千万な貴様の兄を捜し出すぞ！」

激励しているのか単なる嫌みか、判別できない捨て台詞を残して去っていく。思わず永人は噴き出した。同じく笑い出した昊を振り返った。

「お帰り。昊」


朝の新聞各紙に『黎明舎』の送り付けた脅迫文が、そして夕刻には『千手學園生徒無事帰還！』という号外が出たため、学園周辺は一日中騒々しかった。ことの真偽を質そう、関係者らから言質《げんち》を取ろうという記者で周囲はあふれ返った。もちろん終日正門は閉ざされ、敷地内には一歩たりとも記者を入れなかったのだが、それでも学園を取り巻く騒がしさは教師、生徒らを落ち着かなくさせた。永人もしかりだ。

そして翌日も、浮足立つ感じは一向に収まらなかった。懲りずに正門前にたむろする記者、野次馬のせいもある。だが、時が経てば経つほど、永人は考え込んでしまうのだった。

脅迫から人質の奪還へ。この急転直下の事態に加え、号外は警察諸氏の尽力により生徒が無事奪還できたという内容だったため、『黎明舎』は間抜けな政治結社という印象が拭えなくなった。逆上して、さらに妙なことをしなければいいのだが。そう思うと、いてもたってもいられない。どうにか一日の授業を終え、校舎を出た時には疲れ切っていた。並んで歩く昊が顔を覗き込んでくる。

「ひどい顔だぞ、檜垣。大丈夫か？」

「会わねえ間に、一回り痩せた来碕クンに言われたくないわぁ」

とはいえ昨日から戻ってきた昊のおかげで、学園内は徐々に活気を取り戻しつつあった。重く淀んでいた空気に、かすかな光が射したような。

「なんか考えすぎちまって、脳みそ擦り減りそうだぜ」

「ああ、その感覚分かるな。僕もずっと……あれっ」

昊の足が止まった。正門のほうをじっと見つめる。永人も眉をひそめた。

正門付近に張り付いていた記者が一人もいなくなっている。思わず二人は顔を見合わせると、守衛室に駆け寄った。中にいる三宅に訊く。

「三宅さん、記者連中はどうしました？　昼くらいまであんなにいたのに」

「ああそれがですねえ、なんでも麹町《こうじまち》のほうで暴動があったとかなんとか」

「暴動？」声をそろえた二人を見て、三宅がうんうんと頷いた。

「ついさっき記者の一人が泡食ってやってきて、麹町で政治結社同士が激しくやり合っているんだって。それを聞いて、記者も野次馬もみーんな行っちゃったんですよ」

「政治結社……？」

二人は首を傾げつつ、寄宿舎に戻った。この後、潤之助たちと図書室で待ち合わせているという昊と別れ、永人は自室に向かった。一緒に行こうと誘われたのだが、どうにも疲れていた。慧が消えてからというもの、神経がずっと昂《たかぶ》っているせいだ。

夕飯まで寝ようかな、と部屋の扉を開けた時だった。ぎょっと息を呑んだ。

床に折りたたまれた一葉が落ちている。またも扉の下の隙間から差し入れられたのだ。

学園祭の怪文書を思い出した永人は、おそるおそるそれを手に取り、広げてみた。

『今夜零時、貴学園の正門前に伺います。

なお、記者諸氏は一掃の予定。安心召されよ』

健人から。手紙を部屋に放り込んだのはエマか。記者の一掃。永人は彼らの姿が消えた正門前の光景を思い出した。とたん、ざっと全身の肌が張り詰める。

どうやったのかは知らないが、着実にことはあの地下室へと向かっている。……怖い。滲み出るその感情を、必死に押し殺そうとした。けれどそうすればするほど、足元から何かがささやきかけてくる気がする。

俺は今夜、何を見るのか。

何を知るのか。

それでも、永人は届けられた一葉をぐっと握り締めた。よろめく足を踏ん張り、再び廊下を歩き出す。やっとここまできた。もうすぐだ。もうすぐ、慧を取り戻せる。

待ってろよ。慧。

四階に駆け上がり、東堂の部屋の扉を叩いた。すでに戻っていた東堂がすぐに扉を開ける。中には黒ノ井の姿もあった。「例の人物から指示が来ました」と一葉を差し出すと、紙面を見た二人の顔が瞬時に引き締まった。

「この、記者が一掃されるというのは？」

「よく分からねえんですが、確かに正門からは記者の姿が消えてます。麹町で暴動があったとか」

「まさかその暴動もこいつの仕業なのか……？」

三人で一葉を覗き込み、首を傾げる。

「まあとにかく、一歩前進だろ。だけど広哉、今夜零時にこの曲者を迎え撃つとして、ほかの生徒はどうする。また蒼太郎の面を取り戻した時みたいに、家に戻すか？」

「いや。今からではさすがに時間がない。ただでさえ学園は一触即発状態だ。ここでまた下手に騒いだら相手を警戒させかねないし、何より学園の評判にますます傷が付く」

東堂が永人を見る。

「檜垣君。この人物は、以前学園に侵入してきた賊のように凶暴なのかな」

「少なくとも、無関係の生徒を傷付けるような真似はしないはずですよ」

賊とは白首の一味のことだ。東堂、そして黒ノ井にいたっては、夏の遠坂《とおさか》邸事件でもあの凶悪な犯罪者と対峙している。

「そうか」東堂が頷いた。

「では、すべてを極秘裏に進めよう。絶対にほかの生徒に感付かれないこと。その代わり、寄宿舎周辺には影人、夏野にも立ってもらう。要は警察関係者でなければいいのだろう？」

その時、永人の脳裏に手島の姿が浮かんだ。武道の達人である檜垣家の専属運転手。彼の名前を出すと、黒ノ井が「そりゃあいい」と顔を輝かせた。

「あの人がいてくれれば心強い。かなりの遣い手だったからな」

「では檜垣家には僕が学園長室から電話を入れよう。檜垣君が頼むより、ずっとことが円滑に進むだろうからね。それと影人。多野柳一も警備に入ってもらう」

「えっ？　妻が関わっているのなら、夫も関わっている可能性は十分あるだろう」

「だからだよ。この状況で彼を警備に入れないのは不自然だ。僕たちが関与に気付いていると気取《けど》られたくない――」

言いかけた東堂の視線が、永人に向けられた。

「檜垣君。僕たちが関与に気付いていること、多野家の面々は知らないだろうね？」

「……はい」

思わず頷いてしまう。だが、健人が永人の前に姿を現した時点で、エマは自分の関与が疑われていると分かっているはず。けれど永人には言い出せなかった。

言ってしまえば、なぜ分かるのかと問われてしまうだろう。そうなると健人の存在を出さないわけにはいかない。無辜《むこ》の一般人にはとても見えない天野原健人。二人の繋がりが明るみに出た挙句、もしも彼らが今回の件以外にも犯罪に手を染めていたとしたら？

乃絵はどうなる？

腕を組んだ黒ノ井が続けた。

「じゃあ奥さんとあの子はどうする。用務員室待機か？」

「いや。集会室だな。目の届くところに置きたい。本来なら多野エマの動向も見張りたいが、さすがに人員がない」

「ああ。じゃあ美術の千手先生は？　もともと寄宿舎住まいだし、集会室にいてもらうようにはうってつけじゃないか」

「なるほどな。それは悪くない」

東堂も頷く。とはいえ、健人と雨彦はかつて同級生だった。そのため、エマとも顔を合わせたことがあるようなのだが、これまた言い出せない。

なんだこの複雑な人間関係。その真ん中に立たされて、息が詰まりそうだ。

今夜の段取りを打ち合わせた三人が、互いの顔を見合った。東堂が小さく頷く。

「では各自抜かりなきよう。千手學園の威信と平穏を一刻も早く取り戻そう」


夕飯時、緊張した顔つきで永人は黙々と夕飯を食べていた。見ると、昊も強張った表情でほとんど手を付けていない。今夜の警備には、どうしてもと言い張る彼も加わることになったのだ。

食後、二人は厨房の裏手に回り、そっと乃絵を呼び出した。出てきた彼女も硬い顔だった。今夜、集会室で待機することを東堂から告げられているのだ。

「何があるの。今夜」

顔を曇らせて訊いてくる。が、永人には詳細を言うことができない。

「上手くいけば慧が戻ってくる。ただ、ちょっと危険かもしれねえから、エマおばさんと雨彦先生と一緒にいてくれ」

「うん、で、でも」

不安そうな表情は変わらない。すると、昊が声を上げた。

「ねえ。緊急事態の集合場所を決めておくっていうのはどう？」

「集合場所？」永人と乃絵がそろって昊を見る。

「そう。万が一何かあってバラバラになった時に、ここに集まるって決めておこうよ」

なるほど。永人は頷いた。

「それ、いいな。どこにする？」

「みんなの目にあまり触れないところがいいと思う」

「うーん？」首を傾げた乃絵が、はっと両手を合わせた。

「芥穴！　寄宿舎の裏の」

「ああ。あそこか。いいね」

昊も顔を輝かせる。あの場所で昊が乃絵に扮装し、とある生徒を捕まえたことはまだ記憶に新しい。

「芥穴が少年探偵團の集合場所。なんだか私たちらしくていいね」

乃絵がくすくすと笑う。やっと笑顔が戻った。「よし」永人は二人の顔を見た。

「何かあったらその場所に集合だ。慧を……取り戻すぞ」

三人が大きく頷き合った。

欠けた一人を取り戻すために。


深夜零時。閉ざされた正門の前に永人は東堂と並んで立っていた。とっくに消灯時間も過ぎているため、ほかの生徒は普段通り就寝しているはずである。その寄宿舎周辺には黒ノ井に夏野、東堂からの依頼を受けた手島、多野柳一、そして昊が散らばって張り付いていた。雨彦の部屋には、帰宅せずに学園に残った源蔵と、舎監の深山も待機している。

一方、集会室のエマと乃絵のもとには雨彦が付いていた。表向きは「危険だから」ということだが、もちろん東堂から言い渡された目的はエマの監視である。雨彦は複雑だろうなと、永人はつい慮ってしまう。

昼までは騒がしかった分、無人の正門付近の静寂がことさら身に沁みた。深まる闇を振り払おうと、ぶるりと震えた時だった。

二つの人影が正門の向こうに立った。手に提げたカンテラを東堂が掲げ、相手を確認する。永人は息を呑んだ。

健人、そして乙女座にいた二人組の学生のうちの一人が立っている。両者とも襟巻で顔の下半分を覆い、洋装の健人はソフト帽、学生はやはり学帽を目深にかぶっていた。東堂の向けた明かりを見て、健人が口を開く。

「こんばんは。東堂広哉君、檜垣永人君」

「——来碕慧君はどこですか」

「それは僕の望むものを見せてもらってから。そして僕が安全に学園を出たことを確認してからになります。安心してください。僕は約束を違えたりしない」

東堂の鋭い視線が二人に注がれる。けれど射抜くようなその視線に、健人はもとより同行の学生もまるで動じない。こいつは何者だ？　永人は健人の傍らに立つ人物をしげしげと見つめた。

やがて、正門の鍵を預かっていた東堂が錠を開け、二人を中に入れた。音もなく二人が滑り込んでくる。健人の軽やかな声音が小さく響いた。

「では、目的の場所を見せていただけますね？」

無言で背を向けた東堂が校舎へと向かう。正面玄関の扉を開き、中に踏み込んだ。目の前に開けた広い玄関室、真正面のガラス戸から見える中庭、さらに向こうに広がる敷地の木々に囲まれた校庭を見た学生が何かつぶやいた。とたん、東堂が永人に目配せした。永人も小さく頷く。

思わず、というふうに学生の口から出た言葉。意味は分からないが、明らかに日本語ではなかった。浅草でたまに見かける出入りの商人が、同じ調子の言葉を話していたことを思い出す。

中国語。

図書室へ続く階段を下り、中に入る。今夜は特別に開錠したままなのだ。もちろん鍵郎は帰してある。室内中央はすでに書架が動かされ、絨毯もめくり上げられていた。さらに地下へと下りる扉も東堂と黒ノ井が持つ二つの鍵によって開かれている。開ける手順を見せないという配慮のためだ。

ぽかりと口を開けた入り口、暗中に延びる急な石段を見た健人が言葉を呑む。無言のままの学生も、緊張しているのが伝わった。東堂がカンテラを掲げ、静かに下りていく。健人、学生、永人の順に慎重な足取りで下りた。

中に入った健人の反応は、以前もここに入った海軍相子息とほぼ変わりがなかった。大小様々、色合いや形も様々な岩が視界を埋め尽くす様は、床一枚を隔てて出現した異世界を彷彿《ほうふつ》とさせる。元老・山県有朋《ありとも》の趣味のための空間と説明されても容易に信じられるものではない。口元を覆う襟巻越しに、健人の低い笑い声が漏れてきた。

「こんな御伽噺《おとぎばなし》めいたことを、まさか真顔で言われてしまうとは。バカバカしすぎて反論もできない」

「残念ながらこれが真実です。少なくとも、生徒一人をかどわかすという罪を犯してまで見たがる場所ではありませんでしたね」

「アハハ。確かにそうですねえ」

　軽い調子で応えた健人が、並べられた岩の間をゆっくりと巡り始める。腰高の大きさの岩を見下ろしたり、見上げるほどの大きさの岩の前で足を止めたりしては、熱心に見つめている。まるで研究者のような佇まいだ。部屋の隅に立ったままの学生、そして東堂もそんな彼の姿をじっと見ていた。

　その健人の足が、ぴたりと止まった。

「ですが、こう考えたらどうでしょう。この部屋で、あなた方は錬金術を編み出している」

　東堂の眉がぴくりと動く。錬金術？　永人も眉をひそめた。

　岩だらけの空間の真ん中で、健人が役者よろしく大きく両手を広げる。

「確かに、この地下空間は山県翁のためという側面もあるでしょう。ですがむしろ、それは見せかけ、ダミー。あなた方陸軍は、翁にすら秘している本当の目的がある」

　東堂の目元がかすかにひくついた。だが、その動きは瞬時に消え、後には能面のような無表情が広がる。

「一昨年に発令された対華二十一カ条の横暴を思い出しましょうか。政府は当初、現大戦がすぐに終息すると焦り、かの国における権益拡張を確かなものにせんとしてあの要求を押し付けた。土地を奪い、自治を奪い、尊厳を奪った。悲憤した在日留学生らの反乱と混乱、現地での排日運動の激しさは記憶に新しいでしょう?」

「……」

「しかしながら、より強固に中国侵略を進める陸軍と政府の間には温度差がある。山県翁ですら、国際協調を唱えていると聞く。つまり、近年の中国における本邦の振る舞いには、君たち軍部の暴走という面が否めない。国防方針の点において、軍部と政府は足並みがそろっていないのだ」

滔々と健人は語り続ける。あの東堂が口を挟めない。永人は息を詰めて対峙する二人を見た。

健人が東堂に指を突き付ける。

「そこでこの地下室だ。ここ千手學園は陸軍閥の巣窟のようなもの。設立当初は山県の影響も大きかったでしょうが、言いましたよね。現在、軍は独り歩きを始めている。東堂君。陸軍はここで軍拡張のための資金工作を密かに進めているのではないかな」

「ええ?」永人は焦った。話が大きくなりすぎてついていけない。

「陸軍拡張? 資金?」

「そう。今現在は大戦特需による空前の好景気のさ中と言われる。だが、実態はどうだろう。格差の拡大、一般物価の高騰、そして政府の無策による米価の高騰で、庶民は食べる米にも事欠く有様。しかも戦争が終わったとして、この好景気がどれだけ続く? さらにはかかった膨大な戦費に比し、我が国が得た戦果とは？　果たして、国民は今後どれだけ軍拡張に賛同を示してくれるだろう？」

「……」

「僕が思うに、陸軍閥はいずれ政府を転覆させ、権力を掌握するつもりなのでしょう。そしてゆくゆくは亜細亜《アジア》全域を制圧、欧米諸国に対抗し得る巨大帝国を築く。ここはそのための布石、足がかりの一つだ」

あんたの言ってることのほうが、よっぽど御伽噺っぽいけどな？

しかし、真剣な二人を前に言い出せない。永人はごくりと唾を呑んだ。

すると、東堂が唇の端を上げ、ふっと笑んだ。

「なぜこんな場所が？」

「ここ神田区近辺が、江戸時代には武家屋敷がずらりと並んでいたことはご存知ですね？維新後は彼らが次々と立ち退き、広い土地が残されることとなった。そのために一帯には学校や各種施設が建てられるようになったわけだが、ここ千手學園もしかり。ただし。この土地のもと所有者は武家人ではない。幕末きっての豪商・名古屋羽左衛門」

東堂の表情が、かすかに変化したことを永人は見逃さなかった。

「羽左衛門は徳川の御用達商人でした。後ろ盾を失くした維新後、業績は右肩下がり。千手一族がこの土地を羽左衛門から買収したのは明治中期。最初から狙ったのか、はたまた偶然か。それは僕には分かりかねる。ですが……近年のこの地下の図書室造営。これは、中央政府、並びに山県すらも欺く陸軍の目くらましのためなのでは？」

「目くらまし？」

「この学園の敷地の下に……眠っているとあなた方は考えているのでは。埋蔵金」

突拍子もない言葉に、永人は目を丸くした。

「埋蔵金？　埋蔵金って、まさかあの」

「そう。新政府軍が江戸城の金庫を開けた時には、一切残っていなかったと伝わる徳川の巨額の御用金。あなた方は、今もひそかに掘り進めて探しているのでは？」

埋蔵金。そんな話、芝居の筋書きでしかお目にかかったことがない。案の定、ぽかんとする永人をよそに、東堂がせせら笑った。

「バカバカしい。戯曲でも書いたらどうですか？」

「ご助言どうも。まあ、僕の書いたものは、すでに学園でも長年勝手に使われているけど」

健人が意味の分からないことを言う。が、東堂は彼の言葉に耳を貸さず、冷たい声で言い放った。

「では僕もあなたに伺いたい。亜細亜を一つにまとめんとすることの何が悪いのでしょう。ただでさえ、亜細亜は欧米列強の〝白いカビ〟に侵されつつある。この横暴から、我々は亜細亜を守ろうとしているのです」

「そんなの建前だね。君らがやろうとしていることは、列強となんら変わりがないよ。結局は己の利益を追求しているだけ。他国の歴史を無視し従わせようなど、進歩した人間のやることではない。君らは成長を忘れた野蛮人だ」

そう言い放つと、健人は再び東堂の鼻先に指を突き付けた。東堂の表情が豹変する。

「予言しよう。このままいけば、君たち軍閥は必ずや自制を失う。そしてこの国を破滅へと導くだろう。僕は断固、それを阻止しなければならない」

「――世迷言《よまいごと》を」

殺気立った顔つきで、東堂が健人のほうへと一歩踏み出した。

「貴様『黎明舎』の一員か？　それとも『赤い砂漠』か？　ハッ！　貴様らテロリストと我が陸軍を一緒にするな。野蛮人？　どっちが」

相手を食い殺しそうな目つき、憤りが青い炎となって、全身から火を噴きそうだ。白首と対峙した時と同じ、鬼神のごとき形相だ。「おっと」と健人が飛び退いた。

「いいのかな。僕を安全に帰さなければ、来碕慧は――」

パンッ、と耳をつんざく破裂音がした。この音。とっさに永人は身を伏せた。

短銃！

カンテラの明かりに、うずくまる健人の姿が浮かび上がる。腿を押さえる手指の間から鮮血が滴っていた。痛みと驚きに見開いた目を学生に向ける。

「丁《テイ》……？」

「いいもの、見せてもらいました。お土産、ね」

同行していた学生だ。丁と呼ばれた彼の手には黒く光る短銃が握られている。健人を見て、にたりと笑った。

「裏切り、私だけ違う。あなたも」

永人は身を起こそうとした。とたん、丁の銃口が向けられる。

「止まる！　私の目的、あなた違う。もっと別。女」

「女？」

銃口を向けたまま、丁がじりじりと後ずさる。慎重に石段を上りながら頭上を見て、にやりと笑った。

「さて。上は、どうかな？」

そう言うと、今の今まで大人しかったのが嘘のように、軽い身のこなしで石段を駆け上がってしまった。東堂がすかさず後を追う。残された永人は、あわてて健人に駆け寄った。

「健人さん！」

痛みに顔を歪める健人の口元に、苦い笑みが浮かぶ。

「まいった……まさか彼に銃を向けられるとは」

「あれは誰なんです？　中国人ですよね。学生ですか？」

「一昨年まで日本に留学していたんだ。その際、分裂前の『赤い砂漠』にも出入りしていてね。例の二十一カ条に抗議して帰国した後は、本土で学生グループを作って排日運動を展開していた。今回も日本軍への抗議活動の拡大の助力を乞おうと、ひそかに来日していたんだが」

　はっと健人が目を見開いた。「まさか」とうめく。

「丁は留学生時分は『黎明舎』リーダーの清水と懇意にしていたんだ。だが、今回の来日に際しては『赤い砂漠』を頼ってきた。僕はてっきり、『黎明舎』は今や大半が逮捕され、風前の灯だからかと思っていたのだが」

「……」

「それがそもそも違うとしたら……？　やはり丁は『黎明舎』と繋がっていたんだ。『赤い砂漠』を頼ったように見せたのは、疑われずに内部に潜入するため……そうか、クソッ！　だから慧君のことも『黎明舎』に漏れたのか！」

「裏切り……丁は〝あなたも〟と言っていました。健人さん、あれはどういう意味です？あなたは誰を裏切ったって言うんですか」

　詰め寄る永人を健人が見上げた。ふいと肩をすくめる。

「僕は今日……『黎明舎』からも『赤い砂漠』からも追われる身となった」

「えっ？」

「麹町の暴動。偽の文書を両者に送り、ぶつかるよう仕向けたのは僕だ。『本日、帝国議事堂前にて貴様らの悪行を告発す。堕した似非《えせ》社会主義者に正義の鉄槌《てっつい》を下さん』」

啞然とした。「なぜ」思わずうめく。

「仲間だったんじゃねえんですか？『赤い砂漠』の連中とは」

「最初はね。だけど言っただろう？　集団はいつか腐る。『赤い砂漠』も同じだと。特にここ最近は、人民の平等という理想を忘れ、ただ特権階級や富裕層を狙って暴れるだけの暴力集団と化しつつあった。清水も竹も、活動家の皮をかぶった俗物だ」

「だから裏切った……？」

「早晩、逮捕された連中も偽文書に誘導されたと気付く。それが僕によるものだとも。だが、これは裏切りというより、大いなる決別――」

言いかけた健人が身を震わせた。跪く永人の腕をがっしりと摑む。

「姉さんが危ない」

「姉さん……多野のおばさんのこと？」

「それだけじゃない。もしかしたら、乃絵も。柳一も」

乃絵。息を吞んだ。

「ど、どういうことだっ」

「さっき、丁は〝女〟と言った。『赤い砂漠』の一部は、僕の姉一家がここ千手學園に潜入していることを知っている。もしも丁がその情報を掴んでいて、『黎明舎』に流していたら」

「……」

「慧君が戻ったという偽記事。あの策略を丁は僕の仕業だと察したはず。おそらく『黎明舎』にも伝わっている。彼らは僕に赤っ恥をかかされた形だ。だから偽文書に誘導されて麹町に繰り出すより前に、報復のために多野一家を襲うよう指示を出していたら？」

「だ、誰にそんな指示を？　この状況でそんな危ねえ橋を渡るヤツがいるか？」

「清水は最近、白首に接近しているという噂がある！　『赤い砂漠』を放逐された、あの最悪な男と！」

白首。とっさに立ち上がった。「ふざけんな！」怒号が口をついて出る。

「慧や乃絵を巻き込みやがって、何が平等だ！　乃絵に何かあったら……テメエら全員叩きのめす！」

図書室へと続く石段を駆け上がった。健人が何かを叫んだ気もするが、止まることはできなかった。

乃絵！

図書室、そして地上の正面玄関を飛び出す。東堂がいた。

「はっ？」

「上に出た時にはもう姿が見えなかった。くそっ、逃げ足の速い」

その時、静寂を破る甲高い音が鳴り響いた。ぎょっと顔を見合わせる。

「なんだ今のは」

「寄宿舎から？」

甲高い音は、ジャン、ジャン、ジャンと激しさを増していく。夜の眠りを覚ます怪物の鼓動か。

二人は同時に寄宿舎へと駆け出した。

＊

零時を過ぎても、寄宿舎周辺に特段の変化はなかった。昊はそれでも緊張して、夏野や黒ノ井と同じく自室から持ち出した剣道の竹刀をグッと握り締めた。寄宿舎の出入り口付近には夏野、寄宿舎外周に檜垣家専属運転手の手島、中庭に黒ノ井と昊、そして多野柳一が立っていた。

永人は詳細を明かしてはくれなかったが、何らかの取引が犯人側と学園の間であるという。それさえ無事終われば、慧は戻ってくる。そう請け合ってくれた。

押し潰されそうな不安はある。が、永人が言うのであればきっと大丈夫だ。昊はそう考えてから、ふっと笑った。

いつの間にか、あのけったいな転入生を誰よりも信頼している。最初はなんとガサツで乱暴なヤツかと思ったのに。一緒にいるようになったのは、慧が彼に懐いてしまったため渋々だったのに。

だけど。

ここ数か月、彼と一緒に見聞きした様々な出来事は、あまりに騒々しく、そして奇妙なものばかりだった。その鮮烈さは慧と二人きりの世界しか知らない昊にとって楽しくもあり苦しくもあり、息もつけないほどだった。

来碕の家にまで乗り込んで、迎えに来た永人の姿を思い出す。

暴れ、悪態をついていた。挙句、下駄のまま廊下を走った（あの祖父の目の前で！）。自分のために、あんな顔を見せてくれたのは彼が初めてだった。その彼が、「いいんだ」と言ってくれた。繰り返し言ってくれた。

僕は、僕でいいのだと。

「――」

再び、グッと竹刀を握り直した。

だからこそ、僕は慧を取り戻す。

もう一度、「兄弟」としてやり直すために――

がた、と背後で音がした。ぎょっと振り返るが、すぐに集会室から出てきた雨彦だと気付いた。中には多野エマ、そして乃絵もいる。昊を見た雨彦もかすかに目を見開いた。が、引き戸を閉めて回廊を突っ切ると、中庭に立つ昊の隣に並んだ。

「学園長は僕たちに〝これは試験だ〟という言い方をしたんだ」

そして唐突に口を開いた。昊は驚いて彼を見た。

「生徒たちを試している。国力増強の足がかりなのだとかなんとか。ハハ。生徒を怯えさせ、疑心暗鬼に陥らせておいて、増強も何もあったもんじゃない」

「……」

国力増強？　意味が分からない。けれど、昊は黙っていた。

「まったく情けない話なのだが、今でも僕は学園側の真の目的を知らない。ただ、知らぬまま……君たちの信頼を損なうような真似に加担したのは事実だ。本当にすまない」

雨彦が小さく頭を下げた。そんな美術教師の姿を、昊はじっと見つめた。

「……先生」

ささやくような昊の呼びかけに、雨彦が顔を上げる。

「僕、先生みたいに巴里《パリ》に――」

言葉尻は、中庭に駆け込んできた手島の姿に呑まれた。手には長い棒を持っている。これが彼にとっての竹刀代わりのようだった。素早く黒ノ井に走り寄ると、緊張した顔つきで告げた。

「警戒を。裏手の樹上に人影が見えました」

その時だ。

奇妙な気配が頭上を走った。えっ？　振り仰ぎ、全員が息を呑む。

頭上には寄宿舎の丸い形にかたどられた夜空が広がっている。

その中空の真ん中に男が立っていた。宙に浮かんでいる。背中を極端に丸めているせいで、やけに小柄に見える。天頂で輝く月光を背に、ニタニタと笑っていた。

「……違う」

すぐに、寄宿舎の四階回廊の手すりから真向かいの手すりへ、綱が渡されていることに気付いた。その綱の上に、男は足の指だけで立っているのだ。なんという強靭な足腰と平衡感覚。

しかも、腰には光る円盤状のものを二枚提げている。「シンバル？」と雨彦がうめいた時だ。

男が提げたシンバルを両手に取り、ジャン、と大きな音を立てて打ち鳴らした。夜の静寂に深く沈んでいた分、その音は空気をびりびりと震わせて寄宿舎中に鳴り響いた。

「しまった！」

黒ノ井が男の真下に飛び出す。

「生徒たちが起きてしまう！」

それが狙いか。男は立て続けにジャン、ジャンとやかましくシンバルを鳴らし続けた。

「まずいな」雨彦も男を見上げながらうなった。

「今、生徒が起きてきたら混乱する」

男はニタニタ笑いをさらに大きくし、とうとう声に出してゲラゲラと笑い始めた。シンバルの甲高い音と、男の不気味な哄笑《こうしょう》が夜空に跳ね返り、降り注いでくる。

とたん、雨彦が回廊を駆け出した。「先生っ？」昊も後を追う。

「どうするんですか？」

「僕の部屋にナイフがある。あれであの綱を切れば」

その間にも、寄宿舎中の部屋の扉が次々開き、生徒たちが顔を出し始めていた。誰もがこの事態に目を丸くし、寄宿舎の中空に浮かぶシンバル男を見て口々に騒ぎ始める。

「なんだあれ！」

「空に浮かんでるぞ！」

「えっ、あれってほら、探偵小説に出てくる……」

「夜光仮面？」

違う！　昊は内心叫んだ。

あんなの、夜光仮面じゃない！

慧の大好きな夜光仮面じゃない！

四階の回廊に出ると、雨彦の部屋から真っ青な顔の源蔵と深山が出てきていた。「あ、あれは」とうろたえる彼らに構わず、雨彦が自室に飛び込む。しばし中からがたごとと音が鳴ったと思ったら、鞘《さや》に入った西洋風の短刀を手に飛び出てきた。

「学園長、深山先生！　生徒たちに危険だから部屋に入るよう指示してください！」

そう叫ぶと、欄干に何重にも括り付けられている綱に駆け寄った。もう一方の綱の先には手鉤が付いており、それを向かいの欄干に引っかけているのが遠目にも見えた。いつの間にこんな細工を？　男の手際の良さにぞっとする。

鞘を払い捨て、雨彦が手すりから延びる綱に刃を当てる。昊を振り向いた。

「来碕君も僕の部屋に入って！　危険だ！」

その時、下の中庭から鋭い声が上がった。

「先生危ねえ！」

檜垣？　昊もはっと息を呑む。

男がこちらをじっと睨んでいる。たじろいだ瞬間、両手に持っていたシンバルを突然手放した。ガシャンと派手な音を立て、シンバルが地面に落ちる。そして綱の上に四つん這いになると、猫科の獣のごとくするすると突進してきた。

「先生！」

雨彦がとっさに昊を引き寄せ、抱き込むようにしてその場にうずくまった。雨彦の肩越しに、男の身体が手すりを乗り越えるのが見えた。

「先生……！」

だが、男は咆哮のごとく甲高い笑い声を響かせると、立ちすくむ源蔵のほうに飛びかかった。「ひぃいいっ」情けない声を上げた源蔵を押さえ込む。腰を抜かした深山が「学園長！」と叫んだ。

ピィッと鋭い音がした。と同時に、生徒らの悲鳴がまたも交錯して響き渡った。

「夜光仮面だ！」

＊

あれは。永人は回廊の手すりに綱を渡し、その上に立っている男を見て目を瞠った。

『太洋館』に現れた〝闇の曲芸師〟！

闇の中で気絶した乃絵を負ぶい、細い板の上を苦もなくするすると移動していた男だ。

おそらく樹上から綱を張って寄宿舎の屋上に渡り、回廊に下りてきたのであろう。そして手すりに手鉤付きの綱を渡した。常人にはとても無理な所業だが、あの男ならやってのけるかもしれない。その男が、ふいと横を見た。視線の先を永人も辿り、息を呑む。

雨彦がナイフを手に綱を切ろうとしている。「先生危ねえ！」叫ぶと同時に、男が両手に持っていたシンバルを落とし、綱の上を獣のような体勢で渡り始めた。

「先生！」

ところが、男は雨彦ではなく学園長のほうを取り押さえた。「学園長！」東堂が叫ぶ。

その時、ピィッと鋭い音が闇を裂いた。この音。ぎくりと永人は身を震わせる。

闇の中を黒い塊が素早く移動した。中庭の松の木に登り、ぽんと跳躍して二階の手すりに飛び移る。そしてするすると移動し始めた。生徒らの悲鳴、喚声がますます高くなる。

「夜光仮面だ！」

誰かが叫んだ。えっ。動く影を見た永人もぎょっとする。

外套の長い裾を翻し、生徒らの間を縦横無尽にすり抜ける。黒い頭巾の下に覗く無表情な若い男の顔――

白首のサル！

再びピィッと音が鳴る。サルはすぐにぴたりと足を止め、手すりからひらりと中庭へと降り立った。同時に玄関から小柄な姿がぬっと現れる。

白首だ。その後ろには丁もいる。サルは素早く白首に駆け寄ってその身によじ登り、背中に負ぶさるように摑まった。白首が面の下からちくわを差し入れると、面がゆらゆらと揺れ始めた。ご褒美のちくわを食べているのだ。蒼太郎そっくりの面が前後左右に揺れているのを見た東堂が顔をしかめる。

二階から四階まで、回廊にずらりと並んだ生徒らを見回し、白首が叫んだ。

「坊ちゃん方には大人しくしてもらいましょうか！　無駄な抵抗はよしてくださいね。でないと」

白首がちらと頭上を見た。すかさず、男が取り押さえた学園長を引きずり上げ、手すりから上半身を大きく乗り出させた。「ひいいいい」学園長の両腕がじたばたと空を切る。

「エイッと、ポイッといっちまいますよ。学園長に何かあったら、ここにいる全員が共犯ですからね」

「なんだと？」鋭い声を上げた黒ノ井を白首が見た。げへへと笑う。

「これはこれは、黒ノ井製鉄のお坊ちゃま。いやいや、そりゃそうでしょう。もうここにいる坊ちゃん方は、全員巻き込まれているんですよ。こうして目撃して、聞いてしまった時点でね。そうした上で学園長に何かあったら、世間はどう思いますかね。千手學園の全生徒、目の前で学園長を見殺し！　そんな汚名が一生つきまとうでしょうねえ」

「……そのために、全員を起こしたのか」

ククク、と白首が笑う。

「ここにおられる坊ちゃん方は、みーんな見て見ぬ振りをするのがお上手だ。汚ねえもの、都合の悪いものは知らなかったことにする。そうして何重にも守られて、世の中のキレイな上澄みだけを飲み食いして生きてんですよ。だけどそれじゃあ、本当のお勉強はできませんからねえ。だからこうして、実際に見て聞いてもらおうと」

「詭弁《きべん》もいいところだな」

苦々しく黒ノ井が吐き捨てる。その横に立つ手島を見た白首がニヤリと笑った。

「あんたまでいたとはね。こりゃ思わぬ幸運だ。あの時はずい分と恥をかかせてくれましたねえ。分かってますよね？　さあ、その棒を捨ててくださいよ」

手島は一瞬ためらうが、すぐに棒を地面に投げ捨てた。とたん、それを拾い上げた白首が彼の脇腹に思い切り棒心を叩き込んだ。「手島さん！」永人は叫んだ。

崩れかけた手島の肩、背中、横面に、白首が容赦なく棒を叩き込む。手島は両手で身をかばうが、白首の狂気じみた勢いは止まらない。「やめろ！」永人は打ち据える白首の背中に頭から体当たりした。飛び退いたサルがキキッと怒った声を上げる。「ガキが」凶悪に顔を歪めた白首が、手にした棒を永人に振り下ろそうとした。

「やめる！」

だが、鋭い一声がその動きを制した。

丁だ。振り下ろしかけた棒先がぴたと止まる。

「無駄。時間、無駄。お前に、銃は持たせない。正解だ」

そう言うと、丁は大げさにため息をついた。棒を下ろした白首は憎々しげに丁を睨むと、

「シナ野郎が」と毒づいた。棒をがらんと投げ捨てる。

「ケッ。使いづらい棒だぜ。銃さえありゃあ、とっくに撃ち殺してやったのによ」

黒ノ井とともに手島に駆け寄る。散々打ち据えられたように見えたが、すぐに身を起こすことができた。永人がほっと息をつくと、東堂が毅然とした声を上げた。

「貴様ら、何が目的だ？」

「女、連れて来い言われています。アマノハラの姉！」

やはり。永人は息を呑んだ。

一方、東堂を始めとした生徒らは困惑の表情を隠せない。

「アマノハラ……？　誰だそれは」

「しかも姉？　姉ってどういうことだ」

「あ」夏野が声を上げた。

「それって、『建国・五大王』の作者だという生徒のことじゃないか？　確か天野原って名前だった」

「そういえば」東堂も続けた。

「作文集にもその名があったな。『回廊の白蛇』を書いたのも天野原という生徒だ」

ちらと永人は集会室の閉ざされた戸を見た。出てくるな。胸の内で叫ぶ。

頼むから出てくるな！

四階にいた雨彦が昊とともに一階に下りてきた。蒼白な顔で叫ぶ。

「あ、天野原の姉なんて、そんな人物はいない！　勘違いだ！」

「千手先生の言う通りだ。天野原というのはこの学園の生徒だったようだが、我々は一切知らないし、ましてやその姉が学園にいるはずもない」

「いえ。これは確かな情報。アマノハラの姉、ここにいる！」

「だから――」

東堂が言葉を呑む。横目で永人と視線を合わせた。十年以上前に戯曲を書いた生徒の姉。年齢からして、多野エマのことだと気付いたのだ。頼む。永人は東堂に目で訴えた。

頼む。エマを引き渡さないでくれ！

が、東堂はふいと視線をそらした。永人の腹の底がひやりと凍る。

真っ直ぐ丁を見据え、東堂が言い放った。

「申し訳ないが、学園内にそんな女性はいない。即刻お引き取り願おう」

「――」

全身から力が抜けそうになる。しかし、丁はすぐに怒鳴り返した。

「それは嘘！　アマノハラの姉の家族も、ここにいる！　夫と、娘！」

今度こそ永人の全身から血の気が引いた。「娘？」寄宿舎中の生徒らがいっせいに顔を見合わせる。黒ノ井が青ざめた顔で東堂を振り向いた。

「家族？　夫と娘……？　それって、まさか」

この学園内で、夫と妻、そして子供という〝家族〟は一組しかいない。

はっと周辺を見た。が、月光や外灯の明かりにぼんやりと輪郭が縁取られた中庭に、多野柳一の姿は見つけられない。

「用務員の？」

誰かが口火を切った。永人は息が詰まりそうになる。昊も愕然と目を見開いた。

生徒らの声が、枯野に放たれた炎のごとく一気に広がっていく。

「用務員の」

「用務員だ」

「用務員だよ」

「じゃああの用務員が」

「あの用務員が出てくれれば」

「あいつらが出てくれれば」

「僕たちは助かる」

「助かる！」

「出てこい」

「出てこい」

「用務員！　出てこい！」

やめてくれ！

「違う！」

絶叫が響いた。生徒たちがいっせいに口を噤む。

昊だ。中庭の真ん中に走り出ると、周囲を囲む回廊に並んだ生徒らを見回した。

「多野さんじゃない！　だって……だって、あの子は男の子だ！　娘なんかじゃない！」

「男の子？」丁が首を傾げた。

「いや。夫と妻、娘。それは確か」

「だからそんな家族はここにはいない！　警察を呼ばれないうちに帰れ、早く！」

普段の飄々とした表情とはかけ離れた顔つきで、雨彦が怒鳴る。ふん、と丁が鼻で笑った。

「それなら、その息子を出せ。男だと、見せろ」

昊が青ざめた。永人も返す言葉を失う。

薄ら笑いを浮かべた丁が、短銃を階上の生徒らに向けた。

「息子を出せ！」

パンッと乾いた衝撃音が耳をつんざいた。二階の手すりのあたりが弾け飛び、白煙が上がる。周辺にいた生徒らが大声を上げて逃げ惑った。「よせ！」東堂が叫ぶ。

四階から悲鳴が上がった。学園長の腰から上が手すりの外にぶら下がっている。でっぷりした腹がぴたぴたと手すりを打っていた。男が脚を抱えている手を放せば、そのまま真っ直ぐ下に落ちてしまうだろう。

「ひ、ひぃいい助けて、助けてっ」

「アマノハラの姉と違う、証拠、息子！　出せ！　あの男、死ぬぞ！」

絶対にだめだ。乃絵を出すわけにはいかない。どうする？　どうする——！

「俺が行く！」

腹の底から声を響かせた。場がしんと静まる。

永人を見る丁の目がすがめられた。唇の端がきゅっと吊り上がる。

「……君は、誰？　アマノハラ、重要、言った。君のこと」

「俺の名は檜垣永人。現大蔵相、檜垣一郎太《いちろうた》の息子だ」

檜垣の名を聞いた丁の目が動く。

「ヒガキ……」

「ああそうだ。あんた、本当は『黎明舎』と繋がってたんだろ。今日、麴町で『赤い砂漠』とドンパチしたよな。『黎明舎』もさらに逮捕者が出ているはず。そんな組織存亡の危機の時に、単なる報復のために女とその家族を連れて行くのと、檜垣大蔵相の息子を連れて行くのと、どっちが利用価値が高い？」

「檜垣」「檜垣君」呉、東堂らがいっせいに顔色を変える。すると、踏み出した永人の前に、手島が背を向けて立ちはだかった。

「永人様。お下がりください。私はあなたの安全を最優先に守るためにこの場にいます」

「悪ぃな、手島さん。許してくれ。そこをどいてくれ」

「なりません！　あなたは檜垣家にとって大切な方です！」

目の前をふさぐ彼の背中にそっと手を置いた。静かに息を吸い、そして言った。

「手島」

「――」

「命令だ。どけ」

ゆっくりと、手島が肩越しに振り返った。かすかに震える声でつぶやく。

「……できない」

その時だ。

からから、と乾いた音を立て、集会室の引き戸が開かれた。永人の心臓がギュッと縮み上がる。

小柄な人影が出てきた。回廊を突っ切る軽い足音がひたひたと鳴る。誰もが息を詰めて現れた人物を見た。華奢な体軀、見慣れた質素な作務衣に草履。うつむき加減の顔は、頭に巻いた大きい手拭いにほとんど隠されている。――乃絵。

「だめだ」

永人はうめいた。「多野さん」昊も蒼白な顔でつぶやく。出てくるな。

逃げるんだ！

全員に注視される中、中庭に出た乃絵が声を上げた。

「僕が男の子だったら、帰ってくれるの？」


「――」

痺れにも似た衝撃が全身に走る。

この声。

「どうしてもって言うなら、ここで服を全部脱いでもいいよ。ねえ？」

驚愕のあまり、昊の口がぱくぱくと動いている。

この声。この佇まい。

なぜすぐに気付かなかった！

頭上があわただしくなった。見上げると、数人の生徒が四階にいる男にいっせいに襲いかかるところだった。横から手を伸ばした生徒らが学園長の身体を摑み、一気に回廊に引きずり戻す。とたん、取り押さえようとした生徒らを蹴散らし、男が手すりの欄干にひょいと上がった。息を呑む面々の目の前で、器用に手すりの支柱を登り、そのまま外壁を伝って屋上へと姿を消す。「に、逃げた……？」夏野が呆然とつぶやいた時だ。

男を捕らえようとした生徒の一人がすっくと立ち上がった。寄宿舎にいる生徒全員に向かい大声で呼びかける。

「諸君！　安心したまえ！　学園長は無事だ！　さあ心置きなく賊を捕らえるがよい！」

幹一だ。鬨《とき》の声でも上げそうな勢いで片手を突き上げる。

「現警視総監、小菅勉嫡男！　小菅幹一ここにあり！」

「同じく次男！　幹二ここにあり！」

幹一の隣で幹二も片手を突き上げる。いや、お前らそれが言いたいだけだろ！

次の瞬間、白首がきびすを返して中庭から駆け去った。長い外套を着せられているサルも続く。つむじ風のような勢いだ。取り残された丁は、一瞬呆気に取られたものの、すぐに白首を追って走り出した。すかさず東堂が中庭の面々を振り返る。

「影人、檜垣君、追うぞ！　ほかは残れ！　まだ賊がいるかもしれない、生徒たちを頼む！」

三人で寄宿舎の玄関を突っ切り、外に飛び出す。正門のほうへと走る丁の後ろ姿が見える。「待て！」黒ノ井が叫んだ。永人はぎょっと目を瞠る。

閉めたはずの正門が開け放たれている。学園の敷地と外界の境に若い男が立っていた。

乙女座で見た、もう一人の学生だ。やはり学帽を目深にかぶっている。その姿を見た丁の声が弾んだ。

「詠《ヨン》！」

ヨン。仲間か。しまった！

ところが。

詠と呼ばれた男が、駆け寄った丁の持つ銃を手で払った。あっと声を上げた彼の額に、すかさず何かを押し付ける。永人は息を呑んだ。

短銃だ。

詠が静かな声で言う。

「丁。動乱煽動の疑いで連行する」

「詠……？」

驚愕に身を強張らせた丁がうめく。

とたん、門柱の陰からスーツ姿の二人の男が飛び出してきた。呆然とする丁を両側から挟み、無理に引きずっていく。

「詠！」

男らに引きずられながらも、丁は永人に聞き取れない言葉で激しく怒鳴り続けていた。言語が分からずとも、罵っているのだと窺えた。

「どうなってんだ、一体――」

そう言って東堂と黒ノ井を見た永人は言葉を呑んだ。

二人とも、愕然とした表情で詠を見ている。「先輩？」永人の声も届いていない。

「どうしました、そんな」

永人の言葉を無視し、ふら、と東堂が詠のほうへと踏み出した。月光を浴びた彼の顔色が、ますます白く輝いている。

茶色い色素の瞳を震わせ、東堂はつぶやいた。

「蒼太郎……！」

蒼太郎？

あわてて詠を振り返った。目深にかぶった学生帽のせいで、面立ちのほとんどが見えない。黒ノ井も驚愕した顔で相手を見ている。蒼太郎？　この人が？

義兄《にい》さん？

今にも破裂しそうな緊張が満ちた。やがて、息苦しいほどの静寂を破るように、男が顔を上げた。帽子のつばの下から覗く目が、思いのほか穏やかにこちらへと向けられる。

「まさか鉢合わせするとは。会わないまま帰国するつもりだったのだが」

「いつ……？　いつ、戻ってきた」

「十日ほど前だ。丁と一緒に」

淡々と答える蒼太郎の顔を、東堂が言葉もなく見つめる。無防備なような、憤っているような、複雑な顔つきだった。どこか幼くも見えるその表情は、永人がついぞ見たことのない東堂広哉の顔だった。

そんな東堂の視線を受け流し、静かな口調で語られた蒼太郎の説明は、健人の話を補強するものだった。

丁は中国本土の排日運動の学生グループの重要人物であり、『赤い砂漠』分裂前の清水と懇意にしていた。日本政府、日本軍排除のために具体的な行動を起こさんと、『黎明舎』を立ち上げた清水に再び接触する。しかし清水は袂を分かった『赤い砂漠』を潰そうと目論み、来日する丁をまずは竹に接触させたのだ。こうして丁は内部に潜り込むことに成功した。

「そうして情報を横流しにしていたのか」

「僕は数か月前から、竹側と懇意にしていた留学生を装い学生グループに潜入していた。この組織は今や排日運動の中心となりつつある。その動向を逐一探り、日本側に伝えるのが現在の僕の役目だ。今回の来日で、学生グループが日本の政治結社と繋がっていることを確認し、中心人物の一人でもある丁を逮捕しておきたかった。だから『赤い砂漠』に顔が利く振りをして彼に同行した」

「でも実際は『赤い砂漠』とは関わりがないわけだろ。バレなかったのか？」

黒ノ井が眉をひそめる。ふふ、と蒼太郎が笑った。

「『赤い砂漠』にも内通者がいる」

なんと。感心するより前に呆れてしまう。

誰を信じるか。その判断が生死を分ける。この人は、そんな世界に飛び込んだのか。

写真や生き写しの面で見た通り、整った優しげな面立ちだが、どことなく存在感が希薄だ。けれどこの掴みどころのない佇まいの少年が、東堂や黒ノ井をも振り回し、こうして陰から事態を動かしていたのだ。

本当の立役者というのは、こういう男のことを言うのかもしれない。

「だけど来日した早々驚かされたよ。千手學園の生徒が消えたというじゃないか。しかも犯人は『赤い砂漠』……正確にはほとんど離反しかけている構成員の一人、天野原健人だった。だから竹側にも情報がなかなか下りてこなくてね。そのため、天野原に接触したいと願い出たんだ。竹も天野原から情報を得たがっていたから、喜んで繋いでくれたよ」

「そしてあの場所に、乙女座に行ったんですか？」

「そう。ただし、竹は天野原が学園生徒をかどわかしたのは『赤い砂漠』のためと思い込んでいたが、実際は違う。どうやら『赤い砂漠』に見切りをつけた天野原は、独自にこの学園の地下を探ろうとしていたようだね。慧君が言っていた」

「慧！」

永人だけでなく、東堂と黒ノ井も叫んだ。

「ど、どこにいたんですかあいつっ、あのヤロウ、シレッとした顔であんな……！」

驚きが、じわじわと憤りに取って代わる。

乃絵の振りをして中庭に出てきたのは慧だ。なぜ乃絵の恰好で出てきたのかは不明だが、とにかくあの一瞬のおかげで結局は助かった。

はあ、と蒼太郎がため息をついた。その表情にやっと少年らしい青臭さが宿る。

「手こずったよ。天野原と用務員一家を見逃してくれなければ戻らないとごねられて」

「……え？」

「慧君、天野原から用務員一家が彼の姉夫婦とその娘だと聞かされたんだろうね。事実、我々も彼女たち一家を連行、聴取する予定だった」

肝が冷える。やはり、蒼太郎も竹周辺から多野一家に関する情報を入手していたのだ。

「だけどどうあっても、見逃してくれの一点張りで。でなきゃ絶対に学園に戻らないと。いやはや、来碕慧君は少し見ない間に雰囲気が変わったね。以前はみんなに可愛がられているだけのお人形という感じだったのに。あんなに頑固だったかな？

とにかく埒《らち》が明かないから、天野原と姉一家には手を出さないと約束をして連れ戻した。

僕は天野原と丁が今夜ここに来ることは知っていたから、この場所で待機していたのだが……どうやら、事態はさらに複雑に展開していたようだね。天野原ではなく、なぜか妙な動物を連れた男が真っ先に塀を乗り越えて逃走した。別の人間が追っているが……あの身軽さだ。果たして捕まるかどうか」

「じゃあ、多野とおばさんは、ど、どこに」

それだけじゃない。地下で足を撃たれたままの健人は。

ふう、と蒼太郎が頭上の暗い夜空を振り仰いだ。

「男と丁が現れるより前に、寄宿舎のほうから用務員一家の三人が出てきた。天野原も校舎から出てきて、敷地内の木立から現れた乙女座の男とともに逃げた。全員、寄宿舎裏手の西側に。僕としては慧君との約束もあるし、何より丁の身柄を連行することが最優先だったからね。不本意だが姉一家、並びに天野原は見逃した」

乙女座の男。一馬だ。

とにかく全員、逃げたのだ。永人は内心、安堵した。

「一体どこにいたんだ？　来碕は」

顔をしかめた黒ノ井を見て、蒼太郎が小さく肩をすくめた。

「麻布にある古い屋敷だ。もと天野原邸だ」

天野原邸。永人は目を見開いた。

「の、残ってたんですか？　家は断絶したと聞きましたけど」

「家名はね。ただ、その屋敷は当主が病没した後も妻が一人で住んでいた。家財をほとんど抵当に取られた、空っぽの屋敷だったけど。その妻も数年前に没したわけだが、亡くなる間際、ずっと最後まで付いていてくれた女中頭に屋敷を譲ったんだ。名義も変えたようだから、『赤い砂漠』の連中にも気付かれずにいられた。ちなみにその女中さん、今も屋敷を守っていたよ」

健人の言う「ある場所」とは、もと天野原邸のことだったか。

「僕らが最初に乙女座に接触した時は、慧君の姿がなくてね。また違う場所にいるのかと、僕が単独で天野原を尾行したんだ。それであの邸宅に行きついた」

「え？」永人は顔を上げた。

「待ってください。おかしいじゃねえですか。それなのに、なぜ『黎明舎』は乙女座を襲ったんです？」

蒼太郎を見た。彼の静かな目が義弟を見つめ返す。

「……まさか。わざと？　わざと誤情報を流した？」

「丁にはこう言っておいたんだ。『生徒らしき少年が乙女座の中に潜伏している』と。それを鵜呑みにした丁は、『黎明舎』の連中にそのまま伝えた」

「どうしてそんな！」

「陽動だ。言わば目くらまし。来碕君を危険にさらすわけにはいかないからね」

カッとした。思わずその襟元を摑み上げる。

「じゃあ乙女座の子供たちだったら危険な目に遭ってもいいってのかよ！」

間近になった瞳が永人を見下ろす。その目には感情の揺らぎがなかった。あえてこうしているのか。それとも、もともとこうだったのか。

「僕の役目は不穏分子の炙《あぶ》り出しと排除。そして将来的に中央を利するであろう人物の保護だ。判断は間違っていなかったと思っている」

「中央ってのはなんのためにあるんだ？　アア？　たくさんの普通の人を、子供たちを守らねえで何が中央だ！　テメエら、島でも作って戦争ごっこでもしていやがれ！」

「待て檜垣君！　興奮するな。まずは話を聞かなければ」

二人の間に東堂が割り入った。今にも飛びかかりそうな勢いの永人を手で押しやると、蒼太郎を見た。

「蒼太郎。君には僕も訊きたいことがある。まず、阿田川雪子《あだがわゆきこ》と駆け落ちしたというのは、君の狂言だったわけだな？」

蒼太郎の目が動いた。感情らしきものがやっと仄《ほの》見える。

「張《チャン》先生に会ったのか」

「『猩々緋《しょうじょうひ》』の伝言も見つけた」

今度こそ、蒼太郎の顔が明るく輝いた。永人は内心驚いた。なんだよ。こういう人並みの顔ができるんじゃねえか。

横から黒ノ井が言葉を挟んだ。

「なぜ俺たちにまで本当のことを言わなかった?」

「間諜の件だけは最重要機密だった。知られるわけにはいかなかった。だけどおそらく、広哉は僕が消えたら執拗に捜すだろう? だからああいう強引な手段を取った」

東堂が予想した通りだ。蒼太郎は東堂が自分を追わないよう、わざと失望させるような理由で姿をくらましたのだ。

「去年、父から内密に僕と広哉が間諜候補になっていると聞かされたんだ。ちょうどその時、僕は『建国・五大王』の代役に抜擢されていた。あの芝居が生徒の資質を試すものだと気付いていたから……僕は寺地君から役を奪った」

三人は息を呑む。「どういうことだ?」黒ノ井がうなった。

「毎年、妙なことが起きるのは、学園側が仕組んでいることだ。これは気付いている?」

「それは檜垣君が気付いた……ああ。『猩々緋』に気付くヒントをくれたのも彼だ」

意外そうな顔つきで蒼太郎が振り向く。永人は反射的にそっぽを向いた。

「去年も脅迫状めいたものが届いていた。可賀君に宛てた文面は『以下の場所を探せ。露西亜』。……この脅迫文の意味を解いたのはお前だろう? 蒼太郎」

東堂が冷静な声音で言った。腕を組み、指先でとんとんと顎をつつく。「えっ」驚いて首を傾げる黒ノ井。そんな二人を見て静かに微笑む蒼太郎。

ふと、かつての三人もこうだったのではないかと永人は思った。こうして顔を見合わせ、語り合い、笑い、そして時にはふざけ合っていたのではないかと。

その光景が、今は遠い——

小さく頷いた蒼太郎が口を開いた。

「寺地君から相談されてね。明記された地名の後に『見つからざれば寺地家の収賄取引の詳細を白日のもとにさらさん』と続いていた」

「収賄？　そんなもの本当にあったのか」

「さあ。とはいえあの狼狽《ろうばい》ぶりからして、心当たりはありそうだったな。ただ、この後半の文面は寺地君が見せてくれたわけじゃない。僕が勝手に見た」

「えっ？」

何気なくえげつないことを言う。これには東堂も目を丸くした。

「あの脅迫状の意味、広哉ならすぐに気付くと思ったよ。じゃあ、寺地君に宛てた文面にはどの国の名前が書かれていたのかも分かっているな？」

しばし無言で蒼太郎を見つめた東堂が、やがて「ああ」と肩をすくめた。

「もちろん。——『日本』だ」

嬉しそうに蒼太郎が頷いた。が、永人と黒ノ井にはさっぱりだ。

「二人だけで納得するな！　どういうことだそれは」

「四階の部屋番号を思い出せばいい。たとえば僕の部屋は『0』、影人の部屋は『74』、美術の千手先生の部屋は『83』……」

「全っ然分からんぞ。お前が『0』で『日本？』」

「檜垣君ならどうだ？　つい最近、君たち三年生が張り切って手掛けていたもの」

「三年生……あっ」

学園祭で、昊が苦労して描いていたものを思い出す。

「地図！」

「地図？　えっ？」

「参考にした地図はメルカトル図法だっただろう？　あれは面積や距離の正確さを排した分、何に特化した地図だったっけ？」

「角度！」

海図として用いられているために、角度の正確さに重きを置いた地図だ。

「つまり、東堂先輩の部屋『0』を〝日本〟と想定して、ほかの部屋番号は、すべて日本から見た角度を表している？」

「その通り」蒼太郎が満足げに頷く。

「僕もたまたま気付いた。地理で習った時に、広哉と教科書に載っている地図で東京から見た各国の角度を測ってみたことがあったんだ」

「そうしたら、四階の部屋番号がおおむね当てはまることに気付いた。そこで僕たちは、あの番号は各国首都の角度を指しているのではないかと推測したわけだ」

「ちなみに、影人の『74』はサンクトペテルブルグだと思うよ」

「ろ、『露西亜』……」

唖然とする黒ノ井の横で、東堂が首をひねった。

「『日本』が僕の部屋だと気付いたのはいい。だけどなぜ、寺地君は勝手に入ったりしたのか」

「脅迫の証拠を、部屋の主である広哉が預かっているのでは、と僕が吹き込んだからだよ」

あっさりと蒼太郎が答える。三人は再び息を呑んだ。

「心労のあまり神経衰弱のようになっていた寺地君はあっさり信じたよ。だから僕に誘導されるまま、広哉がいない時に」

「まさか」東堂が顔色を変える。

「まさか……そうしておいて、僕にわざと寺地君を目撃させた？　あの時、確か僕が自分の部屋に戻ったのは」

「僕が広哉の持っている本を貸してほしいと言ったから……だね」

東堂が言葉を失う。「おい」黒ノ井も顔をしかめた。

「そのせいで寺地は降板、退校までしたんだぞ。お前、そこまでして」

「おかげで僕が間諜に決定した。文面の解読、抜かりない工作、非情な決断」

「だからどうして、そこまで！」

「間諜は僕の役割だと思ったからだ」

きっぱりとした言葉に、東堂の目が見開かれた。

そんな東堂を真正面から見つめ、蒼太郎が言う。

「広哉は裏に回るような人間じゃない。人を夢中にさせ、付いていきたいと思わせる……表に立って社会を先導する人間だ。だから広哉。この国はお前に任す。かの国で、お前を後方から守ることこそが僕の役目だ」

「……蒼太郎」

きびすを返し、蒼太郎が背を向ける。はっと東堂と黒ノ井が息を呑む。

「長居しすぎた。では」

行くな。東堂の口が動いたのが見える。けれど、すぐに唇をグッと噛んだ。

すると、蒼太郎が肩越しに永人を見た。うっすらと笑みを浮かべる。

「永人君。君を見ていると……父が御空《みそら》さんに本気で惚れていたことがよく分かる」

「ハ、ア？」

仰天して、その場にひっくり返りそうになった。惚れてた？　檜垣一郎太が？

「なっ……適当なこと言ってんじゃねえ！　あの男は、ほかの妾《めかけ》に男児が生まれたから母ちゃんに飽きたんだ！　だから手切れ金を払って俺と母ちゃんを」

「御空さんがそうしてくれと言ったんだよ」

息を呑んだ。混乱して、何も言い返せなくなる。

「父は多忙な人だったから、滅多に向島《むこうじま》の家へも行けなかったようだが。それでも、御空さんとの時間を大切に想っていた。だけどある時、彼女から切り出されたそうだ」

「……」

「別れてくださいと。〝金もこれ以上はいらない。あたしは貴方から永人という一番の宝をいただいた。もう十分だ〟。そしてこう続けたそうだ」

「……」

「〝糸が鈍るんです。あなたが今日は来るか明日は来るかと待ちわびていると。男を待って、男に囲われ、これ以上糸が鈍るのはごめんです。あたしは糸と生きていく。だから先生。あたしを自由にしてください〟」

強いのヨォ姐《ねえ》さんは。千佳が可愛がっている浅草芸者、珠子《たまこ》の言葉を思い出す。

男の極楽はさァ、女の我慢でできてんのヨォ——

あーんな強い人、見たことないワァ――

「……嘘だ」

それでも、永人は首を振った。

「そんなの……絶対に信じられない！　あの男は、浅草の連中に根回しまでして俺を引き離して」

「それらは、全部ご母堂自身の口から聞いたことなのかな？」

グッと言葉に詰まる。

確かに千佳の口から聞いた記憶はない。母はもとから、愚痴や恨み言を一切口にしない人だった。すべては周囲の噂、それに基づく永人自身の憶測だ。彼女がかつて飽きて捨てられたという話も、永人に聞かせたのは近所の女房連中だ。

「僕は二度と檜垣家には戻れない。これは父も、そして僕も覚悟の上だ」

静かだが、厳しい蒼太郎の言葉に永人も、そして東堂と黒ノ井も息を呑んだ。

「だが檜垣家からは男子がいなくなる。今現在、年齢、体力、資質を鑑みて、相応しい男子は永人君しかいなかった。そこで父は御空さんに君の入籍を願い出た。最初はもちろん突っぱねられたと聞いている。けれど彼女は詳細こそ明かされなかったものの、父が国事に携わる大事に直面していると察したようだ。そしてそれに懸ける父の覚悟も。だから最後には君の入籍を承諾した」

「う——嘘だ！　あいつは俺たちの住む家を取り上げると、母ちゃんの出るお座敷を潰してやると、だから俺は、母ちゃんの生活に手を出さないようあいつと約束して」

「父が無理やり奪ったと思わせたから、君は母親を恨まずにすんだのでは？」

「——」

絶句した。そんな。

そんなバカな。

「住む家がどうとか、座敷がどうとか、父は御空さん自身には一切話していないはずだよ。君にだけ匂わせたんだ。そうすれば、千佳さんが君を手放すことを決意しても、自分が奪ったように思わせられるからね」

「……」

「君を見ていれば分かる。君は母親に、そして周囲に大切にされて育ったのだね。父はもしかしたら……君から真の意味で母親を奪いたくなかったのではないかな」

「……」

「羨ましいよ」

蒼太郎が目を細めて永人を見た。優しい色合いが、瞬きをする、そのほんの刹那《せつな》に浮かんでは消えた。——にいさん。その言葉が、なぜか胸をよぎる。

「影人」

突然、蒼太郎が黒ノ井を見た。事の成り行きを唖然と見ていた彼が飛び上がる。

「お、おおっ？」

「広哉を頼む。今や、彼の手綱を握って制御できるのは君だけだ」

「ええ〜……」いかにも不承不承というふうに、黒ノ井が頭をかく。

「まあ、蒼太郎に頼まれたら断れないな……仕方ない。とりあえず、生き延びるよ」

生き延びる。そう口にすると、黒ノ井は真っ直ぐ蒼太郎を見つめた。

「だからお前も。必ず生き延びろ」

「もちろん」

強く頷き返した蒼太郎が東堂を見る。立ち尽くす彼に向かい、笑ってみせた。

「迎えに来てくれるな？　広哉。いつか亜細亜を一つにして。欧米列強にいいように食い荒らされない、強い国を築こう。それこそが、僕たちの国家だ！」

そう叫ぶと、三人に背を向け、今度こそ走り去った。「蒼——」彼を追おうとした東堂がとっさに踏み止まる。そしてすっと背筋を伸ばした。彼が消えたほうへ向けて敬礼する。

闇に義兄《あに》の足音が溶け入る。その気配すら消え去ったとたん、すべてが夢だったのではないかと思えてきた。それでも、東堂はしばらく敬礼した姿のままだった。

「……なんて夜だよ。これは全部夢か？　まさかあいつが、こんな」

蒼太郎を吸い込んだ闇を睨む黒ノ井が頭をかいた。

「それに、やっぱり用務員の一家は賊に加担していたわけか。事実、彼らは逃げた」

違う。永人は内心うめいた。

乃絵は知らなかったはず。そして今夜、まさか学園を逃げ出すことになるなんて予想もしていなかったはず――

西側。ふらりとそのほうへ足を向けた。

芥穴のあるあたりだ。ほら、約束の……あれ？　約束ってなんだっけ。あれ。俺、どこに行こうとしているんだ。なんだか頭が働いてないぞ――

「お？」

突然、目の前の地平が傾いた。おかしい、と思った時には、両脚からかくんと力が抜けていた。「檜垣っ？」驚いた黒ノ井の声がやけに遠い。

「どうした檜垣！」

「檜垣君？」

いやいや、別にどうってことねえですよ。しかし答えられない。目の前がぐるぐる回り出す。力の抜けた身体が重たい荷物のようだ。

二人の手が触れたのが分かった。けれど遠ざかる意識を掬《すく》うことはできず、永人は急速に暗い穴の中へと落ち込んでいった。

自分がどこにいるのか分からなかった。目を開けているのか、閉じているのかも。

ゆっくりと首をめぐらした。見慣れた天井が目に映る。あれ。向島の家か？

「永人君」

真横から声が聞こえた。ぎょっと目を見開く。

自分を覗き込んでいる大きい瞳がすぐ間近にあった。

「良かった、目が覚めた……！」

「け――」

慧。乃絵の作務衣姿のまま、寝台の傍らにちょこなんと座っている。隣には昊の姿もあった。

「過労だろうって。永人君、ここ数日ろくに寝てなかったんでしょ？　みんなが言ってた」

「……」

誰のせいだよ。しかし、怒るより先に笑ってしまった。二人が驚いて永人を見る。

「永人君？」

「久しぶりに見た。お前らが二人そろっているところ。そしたらなんか……笑えてきた」

「檜垣」

「慧。お前、昊に謝ったのか？」

ちらと慧が弟を見る。昊は硬い顔をしているものの、すぐに口を開いた。

「本当は、顔を見たら絶対にぶっ飛ばそうと思ってた」

「……」

「でも、僕はぶっ飛ばすよりもっとひどいことも考えた。だから僕だけが怒るのは、きっと公平じゃない」

「昊」

昊は兄に向き直ると、真っ直ぐ彼の目を見て言った。

「慧。僕、慧が戻ってこなければ、このまま『正解』になれると思ったんだ」

慧が目を見開く。

「来碕家には僕しか跡継ぎがいなくなって、だから医者にならざるを得ないって。やっと『正解』になれるって。そんなひどいことを考えてしまった。……慧。僕を許してくれる？」

「もちろん」

間髪を容れず、慧が答えた。昊だけでなく、永人も驚く。

「昊。僕も謝らなきゃならない」

「え？」

「僕が戻ってきたのは、医者になりたいって思ったからだ」

ぱっと昊が目を瞠った。そんな弟の表情をじっと見つめ、慧は静かに話し出した。

「僕、学園を出てから、とあるお家にいたの。古いお家で、おばあさんが一人だけで住んでた。リウマチを患っててね、いつも痛い痛いって言ってた。でね、たまに乙女座にも行ったんだよ」

「乙女座？　多野さんが一度舞台に立った？」

「うん。あそこにいる子たちの中にはね、身体の一部が変形していたり、ずっと咳が止まらない子とかもいた。比良坂さんは、お医者様に診せることができなくて、ちょっとした怪我や病気が、弱った身体にいつまでも残ってしまうんだって言ってた」

「……」

「そう言われてよく見たら、街の中に、通りに、そういう子たちや大人がたくさんいるんだ。僕、今まで気にしたことがなかった。自分だけが、ずっと弱いんだって思ってた」

口調は穏やかながら、強い芯があった。

「僕ね。怖いのがよく分かるんだ」

「……」

「みんなが優しくしてくれるから、痛かったりするのが嬉しいなんて思おうとした時もあったけど……でも、やっぱり違う。心臓がどきどきしたり、呼吸が苦しくなるたびに、本当は怖かった。その恐怖を、僕はよく知ってる。だから……おばあさんたちに、そして子供たちに、分かるよ、大丈夫だよって言ってあげられる医者になりたい。手をいつもギュッて握ってあげられるような医者に。そう思った。僕が、いつも昊にそうやって守られてきたから」

「慧」

「だから、昊はお祖父様の望む『正解』になれないかもしれない。それが分かっているのに、僕は戻ってきた。……昊。僕を許してくれる？」

「もちろん！」

またも間髪容れず、昊が答える。驚く兄を強く抱き寄せた。

「僕は画家になる！」

慧と永人は、同時に「えっ」と声を上げた。

「画家？」

「そう。雨彦先生みたいに、僕も巴里に行く。そして絵の勉強をするんだ！」

「昊」

「だからいいんだ。慧。慧もやりたいことをやって。僕もそうする！」

明るい声で宣言した弟の背中に、慧がそろそろと両腕を回した。

「昊……いいの？　僕たち、また一緒にいられるの？」

「当たり前だよ！　慧！　ずっと一緒だ！」

　そして二人はしっかりと抱き合った。なんだこれ。めでたしめでたしってやつか。まったく、つくづく人騒がせな兄弟だぜ。苦笑しながら、永人は寝台の上に起き上がった。

「俺、どのくらい寝てた？」

「まだ三十分くらい。東堂先輩と黒ノ井先輩が部屋まで運んでくれたんだ」

「なあ。慧」慧の腕を摑んだ。はっと彼が振り返る。

「これだけは聞かせてくれ。多野は……乃絵は、お前の失踪に関わってないんだよな？」

　彼の細い腕を摑む手に力が入る。昊も息を吞む。そんな永人をじっと見た慧が、やがて小さく頷いた。

「うん」

「……本当だな？」

「本当だよ。多野さんも今日、初めて色んなこと知ったみたい」

　慧が学園を出て身を潜めていたのは、もと天野原の屋敷。〝おばあさん〟とはこの屋敷を譲り受けた女中頭のことであろう。

　慧が半分泣いているような笑顔を浮かべる。

「今夜になって、その……とある人がいきなり現れて。連れ戻しに来たって。僕、生まれて初めてかも。あんな、腰を抜かすくらいビックリしたの」

とある人とは檜垣蒼太郎のことだ。失踪したと思われていた蒼太郎が、突然やってきて学園に戻ろうと言ったのだ。それは仰天して当然だ。

「ねえ。多野さんがどうしたの？　それに、とある人って誰のこと？」

事情を知らない昊が困惑顔になる。けれど饒舌な慧には珍しく、それ以上は言及しなかった。重要機密。義兄から何か言い含められたのかもしれない。

昊が首を傾げながらも続けた。

「とにかく、その人が慧を学園まで連れ戻してくれたってこと？」

「うん。で、寄宿舎に戻ってみたら大変なことになっていたでしょ。どうしよってウロウロしてたら、集会室の中に多野さんとおばさまがいるのが見えて。窓から入れてもらったの。そしたら、多野さんを出せって賊が騒ぎ出したから……だから僕が身代わりになるって言ったの。その間に逃げてって。で、僕とあの子の服を取り換えて」

乃絵の振りをした慧が中庭にいる間に、多野一家も天野原も逃げた。そう教えると、慧は「良かった」とホッとした顔を見せた。

「慧。お前、天野原健人と知り合ったのはいつだ。学園祭の時か？」

「うん。健人さんのために地下の秘密を探る。その〝報酬〟は何がいい？　って訊かれたから、僕は『この学園から出たい』って言ったの」

守衛室を介して手紙をやり取りする約束をした二人は、調査の動向、そして慧脱出の段取りについて連絡を取り合っていたという。

「……で、手紙には合図を送るって書いてあった」

「合図？」

「そう。〝君の『人生』が始まるよって合図。必ず、君に分かるような合図を〟。その合図の翌日に、計画を決行するって」

合図。永人ははっとした。

講堂に掲げてある肖像画の目から流れた血。いかにも怪奇趣味なあの細工。探偵小説好きの少年に向けての合図には相応しい演出ではないか？「そうか」永人はうなった。肖像画に触れて不自然ではないのは、教員と用務員だ。たとえば多野柳一があの肖像画を取り外して細工をしていたとしても、せいぜい掃除をしているとしか思われない。

「ただね。健人さんはこうも書いてくれたんだ。君の気が変わったら、いつでも学園脱出計画は取りやめていいって」

「健人さんが？」

「うん。〝ちゃんと自分の頭で考えて決めなさい。出るか、残るか〟」

もしも慧が学園から出ることを断念したら、彼を人質にして地下を探るという今夜の計画はご破算になったということか。それとも、彼が学園を出たからこそ、今夜の計画を立てたのか——

「だけど僕……あの合図を見てもどうすればいいのか迷ってた。どうしよって。未来ってなんだ？　このままここに留まる。それが一番ラクチンだけど、でも、そしたら昊が不幸になる。それに、ここで出ることを選択しなければ、僕はもうどこにも行けないのかな？このまま、死んじゃうまでただ生きてるだけなのかな？　そう考えたら頭がぐるぐるしちやって。だから僕……あの夜、訊いたの。永人君なら、答えをくれるかなって」

慧が放った言葉。

ずっと一緒にいてくれる？　連れ出してくれる？　探偵でしょ？

「でも、答えてもらえなかった」

「……」

「だから……健人さんたちに連れ出してもらった」

ため息をついた。

けれど、こう聞かされてもなお、永人には「一緒にいる」とは断言できなかった。

慧のことが大切だからだ。

「で、あの日の体育の時間、僕は教室を出る振りをして、すぐに戻っていたの。そしたら多野のおじさまが迎えに来てくれた。僕を廊下に設置してあるゴミ箱の中に入れて下まで運んで、大八車に乗せて外に出してくれた。外では健人さんと一馬さんが待ってて」

あの日、大八車が出払っていたのはそのせいか。なんともあっけない。だが、用務員の多野柳一だからこそ簡単にできたことだ。

「お前の振りをしていた女の子。ありゃあ……乙女座の子か」

「うん。多野さんと背格好、声が似ている子を選んだって。朝食の準備をする時からいたって言ってたよ」

乃絵が見慣れない子がいたと言っていた。あれが乙女座の子だったわけだ。朝食後に健人の学生服のお古を着せ、用務員室にでも隠れさせていたのであろう。その間、乃絵には広大な敷地の掃除でもさせておけばまず気付かれない。少女には何かあった時にごまかせるよう、学生服の下には乃絵の作務衣、草履も着用させたに違いない。そして慧の振りをして中庭に立たせた。三時限目まで確実に慧がいるように見せかけ、終了と同時に用務員室に戻り、慧と同じようにして外に運び出す。計画はこれだけのはずだった。

「ところが俺と昊が、用務員室に戻るあの子を追いかけちまったわけだ」

焦った少女は右棟の角を折れてすぐにシーツの陰に隠れた。とっさにズボンの端をめくり上げ、作務衣姿に見せかける。永人に話しかけられてしまうという思わぬ出来事はあったが、エマの助力もあってどうにか切り抜けたのだ。

「で、この後だ」

それから永人と昊は正門のほうへ行き、すぐにまた用務員室の裏手に取って返した。川名が二階から見ていた光景はこの場面だ。彼の証言によれば、そのままこの少女は消えてしまったことになる。

「だがことは簡単だった。消えた少女は、エマおばさんが抱えていたシーツの中にくるまっていたわけだ」

あの時、エマはやけに大量のシーツを抱えていた。少女はあの中にいたのだ。永人たちが駆け付けたのは、少女をくるんだシーツを洗濯籠に入れる寸前だった。そのせいで空っぽの籠にばかり気を取られて、そのまいなくなったかのように思い込んでしまった。

「多野さんは――」

慧がつぶやく。はっと永人も昊も顔を上げた。

「これから、どうするんだろう」

乃絵。まさかこんなことになるなんて。

もう会えないのか？　本当にこのまま？　そんなバカなことがあるか！

「――」

集合場所。その言葉が閃く。

芥穴。

何か緊急事態が起きたら、ここに集まろう――

とっさに寝台から飛び降りた。が、頭がクラクラしてその場にへたり込みそうになる。

慧があわてて永人を支えた。

「永人君っ」

「芥穴……行くぞ」

「えっ？」

「俺たちの……少年探偵團の集合場所！」

昊の目が見開かれる。「そうだ」と頷くと、二人を見た。

「行こう……！　僕たちの集合場所」

三人で部屋を出た。まだ頭と足はふらつくが、それでも歩くうちに慣れてくる。何より、すぐにでも行かなければという気持ちが永人を急がせた。

もうとっくに、遠くまで行ってしまったかもしれない。でも。それでも。

ここで行かなければ、一生後悔する！

深夜をとっくに過ぎたというのに、まだ寄宿舎内は騒然としていた。その喧騒に背を向け、三人は寄宿舎から出た。裏手の木立に入り、芥穴がある場所を目指す。

何度も通ったな。あの場所。入学してから、本当に色々なことがあった。

傍らには、いつもあの子がいて――

「乃絵」

絶対にいやだ。

このまま会えないなんて、絶対にいやだ！

いつしか走っていた。木々の間を抜け、目指す芥穴まで走る。やがて前方にその場所が見えてきた。月と外灯が、かろうじて木々、そして石塀の境を照らし出している。

「……」

立ち止まった。耳のすぐ裏側で、鼓動がどくどくと騒がしい。永人は目を凝らした。

石塀の上にうずくまる影がある。近付く永人の気配に、そっと身を起こした。永人は目を瞠る。

乃絵。


「……多野」

「檜垣君」

呼び合ったとたん、「遅い！」と乃絵は言った。

「もう、帰るところだったんだから。すぐに戻っておいでって母さんが」

「多野さん！」

二つの足音が近付いてくる。木立から慧と昊が飛び出してきた。

「ぶ、無事だった？　健人さんもおばさまも、みんな大丈夫？」

「うん。お兄ちゃんのおかげだよ。母さんがありがとうって」

照れ臭そうに頷いた慧の隣で、昊が訊いた。

「行っちゃうの？」

「……もう、ここにはいられないから」

「ど、どこへ？」

乃絵が首を振る。その姿からは、彼女自身も混乱していることが窺えた。

「母さんの実家のこと、タケ叔父さんのこと……何かあるとはずっと思ってた。お金を貯めるためにこの仕事に就いたっていうことが、そもそも嘘だった。この学園に入り込むこと。それこそが目的だった。だからタケ叔父さんは、私に古い制服まで貸してくれたんだ」

初めて出会った時、彼女は制服姿だった。大胆にも学園の外にまで出ていたこともあったというが、あの時、彼女は図書室に入ろうとしていたのではないか。

「この学園には、たくさんの〝呪いの噂〟がある」。彼女にその〝噂〟を教えた人物こそが健人だったのだ。潜入させた姪が学園内を行き来できるよう、健人は自分の古い制服を与えた。けれど永人と出会い、正体を暴かれてしまったことによって、彼女はその制服を封印せざるを得なくなった――

真剣な顔で昊が踏み出した。

「また、会えるよね」

「……」

「だから多野さん。また会うために、約束しよう」

「約束？」

「そう。みんな、自分が何になりたいか言って。必ず実現させよう。その時、また会える」

そう言った昊が慧の手を取った。そして力強く宣言する。

「僕はね、画家になるんだ。ねっ、慧」

「あっ、先に言われちゃったぁ。僕は医者になる！　ね、昊」

言い切る二人を見た乃絵の目が見開かれる。が、すぐに「素敵だね」と言った。そして永人を見る。

「檜垣君は？」

「俺？　うーん……そうだなあ。学校を作りたいかな」

「学校！」

慧が目を丸くした。一方の昊は妙に納得した顔で頷く。

「ああ。　案外いいかもしれない」

「檜垣学園長？　うわあ、永人君カッコいい！」

はしゃいだ慧の声に乃絵が笑った。「多野さんは？」昊が訊く。

乃絵がすっくと立ち上がった。はっと三人の身体が震える。

「政治家になる」

女の子が政治家。あり得ない、とは誰も言い出さなかった。全員が石塀の上に立つ乃絵の姿を見上げる。その手には、愛用していた投げ縄が握られていた。行くな。そう叫びそうになった時だ。

乃絵が軽やかな声を上げた。

「じゃあ、みんな選んで！　もしも泣きたい時があったら、どうしてほしい？　〝慰める。話を聞く。そばにいる〟」

息を呑んだ。慧と昊が「うーん」と小首を傾げて考える。

やがて、慧が弾んだ声で言った。

「僕は慰めてほしいかな！」

「じゃあ僕は、話を聞いてほしい」

無言のまま、自分を見上げる永人を乃絵が見下ろした。

「檜垣君は？　どうしてほしい？　もしも……」

もしも、泣きたい時があったら？

俺は――

「――そばにいてほしい」

乃絵の瞳が、かすかに見開かれた。すかさず永人は訊き返した。

「多野は？」

「私は――」


「――忘れないでほしい」


そう言うや、ひらりと乃絵の姿が翻った。息を呑む間もなく、石塀の向こうに消える。

複数の足音が走り去るのが聞こえた。「乃絵」口をついてその名前が出る。

「乃絵！」

足音が小さくなっていく。揺れる投げ縄だけが残っている。永人は石塀に駆け寄った。

「乃絵――――っ！」

「多野さん！」

「多野――」

昊の声が途切れる。その場に立ち尽くした彼の瞳から、涙がぽろぽろとこぼれ落ちた。

慧がそんな弟をギュッと抱き締めた。

「大丈夫だよぉ昊！　また会えるよ、きっと会える」

「け、慧、多野さんが、い、行っちゃった」

兄の腕の中で、昊が激しく泣きじゃくり始めた。慧がさらに強く昊を抱き締める。

「昊は画家になればいいんだよ！　そしたら多野さんと会えるでしょ？　約束したじゃない、ね？」

昊の頭を優しく撫でる慧の瞳からも、大きい涙がこぼれ落ちた。

「うわあ、なんか僕、お兄ちゃんっぽい！　ね、永人君」

そうだな。

けれど声を出せなかった。言葉の代わりに、瞳から熱いものが次々あふれる。

また会える。

きっと、会える。


夜が一人の少女の足音とともに駆け去っていく。永人はふと思った。

俺はきっと、生涯この夜を忘れない。


「──本当に今さらだが、内々に調べさせた多野一家の調査報告が来た。学園用務員の職をあっせんしたのは、学園と懇意にしている個人だった。その御仁曰く、用務員を探していると募ったところ、多野一家が知人の知人、そのまた知人からの紹介でやってきた。もちろん採用する際に厳重な身元調査があり、その審査を通っての採用だ。ところが、改めてあの一家の似顔絵を持ってその御仁と周囲に確認させたところ、面接、調査した一家とはまるで違う人相だったことが判明した」

「似顔絵？」

「あの一家の写真の類が手元にない。とにかく、その御仁としては千手學園の用務員になるのだからかなり徹底的に調査したと言っている。ところが夫婦、特に十代の息子は別人だった。つまり、面接、調査までは別の一家が、そして実際にやってきたのはあの一家だったというわけだ」

どんなカラクリかは不明だが、健人ならば偽の一家も用意できるのかもしれない。

すると、「檜垣君」と東堂が顔を覗き込んできた。

「平気かな？　十分に睡眠が取れていないのでは？」

「ホントだ。目が腫れぼったいぞ。また倒れるんじゃないか？」

東堂と黒ノ井に挟まれ、両側から顔を覗き込まれる。永人は口を尖らせた。

「大丈夫ですよ。昨日の今日、神経が昂っちまって寝られなかっただけです」

「つまり寝不足ってことだろ。あーあ……それにしてもあの子が女の子だったとはなあ。なんで言ってくれなかったんだ広哉？　言ってくれればもう少し」

東堂がじろりと相棒を睨む。

「お前のことだ。無駄にデレデレするだろう。そしたらどうなる。すぐに周囲に」

「バレますね」

「バレるね」

「そ……そんな冷たい目で俺を見るなァ！」

呆れた東堂の顔が永人に向けられる。

「というわけで、目下我が千手學園は新しい用務員の募集に加え、世間の信用回復に努めなければならない。協力してくれるね？　檜垣君」

「はあ。ここがなくなったら、檜垣の家に戻らねえとならないんで。それは勘弁願いたいですね」

ふっと笑った東堂が立ち上がった。

「期待している。ああそうそう。そろそろ来年度の生徒会長を選出する学園内選挙が始動するのだが。以前も言ったね。僕は君を次期生徒会長に推したいと」

「いやっ、それはねえです！　あり得ない。第一、先輩の次ってことは、俺はまだ四年ですよ？　通例では最上級生がなるもんなんでしょ」

「それがなんだ。通例など気にしていたら、いつまでも変わらない。東堂広哉が檜垣永人を推す。この事実こそが重要なんだ」

「あきらめろ檜垣。こいつは食らいついたら放さないからな」

「犬か」と顔をしかめた東堂が、永人の肩にぽんと手を置いた。

「これからも頼む。ともに千手學園を支え……この日本を必ずや強い国にしよう」

「そうだ檜垣。何か新しい奇術のネタを仕込んだら教えてくれ。もちろん報酬は出す！」

きびすを返し、学園の双璧が無人の集会室から颯爽と出て行く。急に静かになった室内に、寄宿舎のざわめきが遠く染み入ってきた。

今日一日、学園は臨時の休校となった。厨房では急遽近所から集められた芳江を始めとするおかみさん連中が、昼食の準備を始めている。

「……」

今にも厨房の引き戸が開かれ、あの声が自分を呼ぶ気がした。

檜垣君！

「永人君！」

はっと目を見開いた。慧と昊が中に駆け込んでくる。

「こんなところにいたぁ。ねえねえ聞いて。ジュンがこの前言ってたんだけどねっ」

まったく以前と変わらない様子で慧が喋り始める。永人は呆れつつも、安堵してしまう。

昨夜の衝撃的な騒動を経たせいか、生徒らは慧の帰還をあっさりと受け入れていた。永人にはこの兄弟だけでなく、学園の生徒一人一人までが逞《たくま》しくなったように思える。

『黎明舎』と『赤い砂漠』の構成員らは、昨夜の暴動で大半が逮捕されたと聞いている。その中に鳥飼父子がいたかどうかは未確認だ。今頃、川名は気を揉んでいることだろう。そして白首、闇の曲芸師があの後どうなったのかも一切不明だ。

まだまだ世の中は不安定なのだ。けれど慧の、いや、学園に関わる人々の逞しさ、したたかさを見ていると、どうにかなると思えてくるのが不思議だった。

思案する永人に構わず、慧が意気込んで続ける。

「学園の隣に古い屋敷が残っているじゃない？　幕末、維新前のお武家様の屋敷跡。あそこが今度取り壊されることになったんだけど、取り壊しの作業に入るたびに、ヘンなことが起きて中断しちゃうんだって！」

幕末。ふと、『夜歩く男』の噂を思い出した。

夜中にフラフラと学園敷地内を歩く男。もしもその男が、夜な夜な人知れずこの敷地の、地中深くを掘り続けているとしたら？

学園の下に眠っている巨額の金を探して――

まさか。ぶるっと頭を振った。あんなの、健人の当て推量に決まってる！

「だ、だから？　その武家屋敷の取り壊しがなんだってんだよ」

「不思議だね、謎だね、怪奇だね！　これは調べなくちゃ！」

「慧。だからそれは学園の中の話ですらない。調べてどうするんだ?」

呆れ顔の弟を振り返り、慧がにんまり笑って言い返す。

「何言ってるの昊。世界は学園の中だけじゃないんだよ。昊は絵を描く人になるんでしょ?　だったらもっと広い広い世界を見に行かなくちゃ。そして色んな謎を解くんだ!」

支離滅裂もいいところだ。しかしこのハチャメチャさが、滞る空気を吹きさらう風になってくれるのも事実だ。

世界。

出会った人、そして去っていった人たちを思い出す。

いつか。いつか必ず。

また会おう。

三人の真ん中で、慧が高らかに宣言した。

「千手學園少年探偵團の出番だ!」

参考文献

『近代国家への模索1894－1925　シリーズ中国近現代史②』川島真・著　岩波新書
『転換期の大正』岡義武・著　岩波文庫
『避けられた戦争　一九二〇年代・日本の選択』油井大三郎・著　ちくま新書
『「抗日」中国の起源　五四運動と日本』武藤秀太郎・著　筑摩選書
『史料が語る大正の東京100話』日本風俗史学会・編　つくばね舎

光文社文庫

文庫書下ろし
千《せん》手《じゅ》學《がく》園《えん》少《しょう》年《ねん》探《たん》偵《てい》團《だん》　また会《あ》う日《ひ》まで
著　者　金《かね》子《こ》ユミ

2022年3月20日　初版1刷発行

発行者　鈴木広和
印　刷　新藤慶昌堂
製　本　ナショナル製本

発行所　株式会社　光文社
〒112-8011　東京都文京区音羽1-16-6
電話　(03)5395-8149　編集部
8116　書籍販売部
8125　業務部

ISBN978-4-334-79324-1　Printed in Japan

組版　萩原印刷

『千《せん》手《じゅ》學園少年探偵團』シ

光文社コミック総合サイト「マンガ コミソル」にて
2022年5月よりコミカライズがスタート予定。
絵になって動き回る少年探偵團を見逃すな！

キャラクターデザイン緊急公開！